Eleonore Frey
bei Urs Engeler

Eleonore Frey
Unterwegs nach Ochotsk

ICH VERLIERE MICH, sagt der Mann im Regenmantel. Niemand hat ihn nach seinem Befinden gefragt. Er leert sein Glas. Legt, was er schuldet, auf die Theke und geht. Einer, der an der Theke lehnt, fragt den, der hinter ihr steht und seine schwarze Schürze glatt streicht, ob er den Mann kenne? Er kommt jeden Tag, sagt der. Er trinkt ein Glas Wodka, sagt etwas oder auch nicht und geht weiter. Wohin? fragt eine noch junge Frau, die neben der Türe an einem Tisch sitzt und Zeitung liest. Das habe ich mich auch schon gefragt, sagt der mit der schwarzen Schürze. Und dann auch einmal, als er mir ungefragt anvertraute, dass er nicht traurig sei oder vielleicht doch, ihn selber. Weiss nicht, sagte er da. Und ging. Hat er nichts zu tun? fragt der, der sich schon vorher bemüht hat, Ordnung zu schaffen in Verhältnissen, die seiner Ansicht nach dem ordentlichen Gang der Dinge zuwiderlaufen. Er ist unterwegs for the hell of it, sagt die noch junge Frau, die sich weniger für den Hüter der Ordnung interessiert, der sich jetzt an ihren Tisch setzt und sie ins Gespräch ziehen möchte, als für den andern, der, ohne sie auch nur anzuschauen, das Lokal verlassen hat und unschlüssig vor der Tür steht. Den Ausdruck *for the hell of it* hat sie in den USA gelernt; im Zug einer Erweiterung ihrer Welt, die nicht nur ins Unbegrenzte, sondern auch ins Unglück führte. Sich verlieren? fragt sie laut sich selber, und dass ihr die andern zuhören, ist ihr egal. Das ist wie denken oder wie Heimweh haben. Denken! Von wegen! sagt ihr Gegenüber, wie er jetzt ihre Zeitung beiseiteschiebt, um Platz zu machen für den Kaffee, den ihm der Kellner an den Tisch bringt. Mit dem Heimweh mögen Sie recht haben … Sie nimmt zur Kenntnis, was er gesagt hat, denkt nach und verliert sich. Ob sie dabei in sich geht oder ausser sich gerät, kann man ihr nicht ansehen. Sie ist in einem Film, der nur für sie gespielt wird. Der, der ihr gegenübersitzt, greift nach ihrer Zeitung und fängt an zu lesen. Sie zahlt und geht.

Der im Regenmantel bleibt einen Augenblick stehen vor der Bar, die er eben verlassen hat, schaut nach links und geht nach rechts. Dafür gibt es keinen Grund. Das Laub, das von den Bäumen fällt, geht mit dem Wind. Er geht, wo das möglich ist, bergab. Wie das Wasser. Hier nimmt ihn kein Gefälle mit; auch nicht ein Strom von Passanten, die es alle in die gleiche Richtung zieht. Bleibt die Neigung, die ihn, weil ihm links ein beliebiger Umstand missfällt, nach rechts wendet. Geht er also nach rechts, wo er nicht hinwill. Da er nirgends hinwill, ist das egal. Es sei denn, Nirgends wäre ein Ort. Das fällt aber nicht ihm ein, der weitergeht, wie es kommt, sondern der noch jungen Frau, die bald nach ihm das Café verlassen hat und jetzt zur Arbeit geht. Sie heisst Sophie. Sie hilft in einer Buchhandlung aus. In deren Schaufenster kann man ein Buch ausgestellt sehen, das seit Monaten Sensation macht. Der Verfasser nennt sich Mischa Perm. So heisst er nicht. Wer er ist, weiss nur der Verleger. Ob es der Titel ist, der die Leser lockt? *Unterwegs nach Ochotsk*: Wer will schon nach Ochotsk? Auf der Landkarte, die in blassen Farben auf den Umschlag des Buches gedruckt ist, und die das Gebiet von Wladiwostok bis zur Beringstrasse und vom Ural bis zum Pazifik zeigt, kann man den Ort nicht finden. Immerhin macht aber der Umschlag klar, dass Ochotsk in Sibirien liegt. Und da wollen alle hin. Fast alle. Solange mindestens, als sie nicht müssen. Nach Sibirien for the hell of it: Es gibt von dort so viele Reportagen, Filme, Fotografien, dass sich jede das Abenteuer aussuchen kann, das ihr gefällt. Zum Beispiel aus den Bildern, die eine Fotografin durch die trüben Fenster der transsibirischen Eisenbahn aufgenommen hat. Oder, ein ganz anderes, auf Grund der Reportage eines italienischen Journalisten, der sich nicht gescheut hat, gebückt, mit einer Lampe an der Stirn, die Zustände in einer sibirischen Kohlenmine zu erkunden. Wo viele von den Sträflingen gearbeitet haben, die dorthin verschickt wurden; in den so oft beschriebenen und doch nach wie vor undenkbaren Gulag. Von ihm ist nicht die Rede in *Unterwegs nach Ochotsk*. Mit Ausnahme eines Hinweises auf Tschechows Bericht von der Insel Sachalin, der dem Autor, wie er sagt, zu seiner Reise den Anstoss gab. Auch die Hölle, mit der man so oft jene unsäglichen Zustände vergleicht, wird nicht ausdrücklich genannt. Nur da und dort inkognito ins Spiel gebracht in Ereignissen, die sich wie Lava auf die Erde ergossen zu haben scheinen: Zum Beispiel da ein Mann, der sich unter den Zug geworfen hat und jetzt zerstört neben dem Geleise liegt. Und dort ein Schwarm von Heringen, die, zerfetzt von der Schraube eines Motorboots, noch eine Weile als blutige Suppe auf den Wellen schwimmen, bevor sie endlich untergehen in der allmählich wieder in ihr ursprüngliches Grau zurückfallenden See.

Irgendwo in diesem riesigen Gebiet finden die Ereignisse statt, die das Buch in Form von abrupt aus dem Zusammenhang herausgebrochenen Szenen aufscheinen und wieder verschwinden lässt, bevor sie sich in einen weiteren Zusammenhang haben einordnen lassen. Es sei denn, man sehe den Zusammenhang darin, dass sie alle von Unheimlichkeit unterspült zu sein scheinen wie, und das wird einmal eingehend beschrieben, im Hinterland des ochotskischen Meers eine vulkanische Landschaft von einem brodelnden unterirdischen Gewässer. Warum sich ein Buch, das nichts anderes ist als eine zwischen zwei Buchdeckel gepresste Sammlung buntscheckiger Fragmente, so gut verkauft, ist Sophie ein Rätsel. Ist es vielleicht eine Sehnsucht nach Leere, die den Lesern das Buch empfiehlt? Solchen, die es in Gegenden zieht, in die noch kaum je jemand vorgedrungen ist, und die darum auch noch nicht mit dem infiziert sind, was die Zivilisation unfehlbar zum Spriessen bringt, wo immer sie sich ins Recht setzt? Auf dem Umschlag des Buchs sind mit verschieden grossen roten Punkten die Orte bezeichnet, an denen sich Menschen niedergelassen haben. Die meisten, weil sie mussten, aus diesem oder jenem Grund. Die grossen Punkte liegen an der Linie der transsibirischen Eisenbahn oder an einem der Flüsse, die sich träge durch die Ebene winden. Kleinere, wo sich irgendwo im Unwegsamen ein Flugplatz findet. Das ist meistens an Stellen, wo es etwas zu holen gibt. Fische zum Beispiel. Vor allem aber Uran oder Kohle oder Gold. Bei weitem das Eindrücklichste sind jedoch die riesigen Zwischenräume, in denen keine menschliche Präsenz markiert ist, obwohl da und dort durchaus kleinere Siedlungen anzutreffen wären. Wer möchte sich nicht in der Taiga eine Hütte bauen und ein Tschuktsche werden, wenn es ihm in seinem Alltag zu eng wird. Wenn nicht wirklich, was einige Unbequemlichkeit mit sich brächte, dann in einem Buch.

Auch Sophie hat von Zeit zu Zeit ein dringendes Verlangen nach einem Nirgendwo, das leer gefegt ist von allem, was sonst ein Leben möbliert und ausmacht. Nirgendwo: Nicht nur in einer allfälligen andern Welt kann sie das zu finden hoffen, sondern jederzeit da, wo sie gerade ist; wenn es ihr nämlich gelingt, für eine kleine Weile alles, was sie um sich hat, verdämmern zu lassen, bis es so gut wie nicht mehr da ist. Bis es gar nicht mehr da ist … Das heisst, dass du in Ohnmacht fällst, hat Jeff zu dieser ihrer Idee gesagt, als er noch ihr Mann war. Oder, aber davon wirst du nicht mehr erzählen können, dass du am Sterben bist … Nein, das heisst es nicht, hat Sophie damals gesagt. Sagt sie dem Vater ihrer Kinder noch einmal, wie sie nun in einsamem Zwiegespräch wieder dorthin zurückgekehrt ist, wo sie vor drei Jahren noch war. Davon, dass mir in meinem Nirgendwo schwarz vor Augen wird, kann keine Rede sein. Im Gegenteil, sagt sie ihm. Und schweigt. Denkt nach. Vor ihren Augen steht … Nein, kein Traum. Gestalten, Landschaften, Städte schweben ihr vor wie echt. Wirklich echt, korrigiert sie sich. Wenn auch nicht wirklich … Die Farben strahlen wie … Sie weiss nicht, wie sie das sagen soll. So durchsichtig wie die Kerne des Granatapfels, fällt ihr dann ein. Erst gestern hat sie einen geöffnet und den Kindern den im Unscheinbaren verborgenen Schatz gezeigt. Aber es muss nicht rot sein, überlegt sie weiter. Laut, obwohl Jeff, das kann man ihm ansehen, nicht zuhört, sagt sie dann: Kennst du das nicht? Dieses Theater in deinem Kopf? Dass du dann … Ich gehe fischen, unterbricht sie Jeff. Wohin? fragt Sophie. Warum nicht nach Alaska? Oder dann halt nach Fish's Eddy. Expect me when you see me, sagt er, packt seine Ausrüstung in den Wagen und fährt los.

Robert ist mein Name, sagt der Verfasser von *Unterwegs nach Ochotsk*, wenn man ihn in seinem Privatleben danach fragt. Dass er der ist, der, wenn nicht den Ort Ochotsk, so doch die immer wieder ins Leere auslaufenden Umwege dorthin erfunden hat, fällt ihm nur ein, wenn die Tantiemen kommen. Bald weniger, bald mehr. Immer mehr, als er braucht. Es hat sich kaum etwas geändert, seit er arm war. Seine kleine Wohnung geht auf einen Innenhof. Sie hat viel Licht und einen Ausblick auf Dächer und Himmel. Die Tauben auf dem Blechdach nebenan geben jeden Tag, mit gewissen Varianten, das gleiche Schauspiel. So ist es auch, in unregelmässigen Rhythmen, mit den Wolken, mit dem Rauch, der aus den zahlreichen Schornsteinen in den Himmel steigt. Es geschieht nichts, was noch nie da war. Auch der Geruch, der aus der Wohnung der Nachbarin dringt, ist, soweit sich Robert erinnert, in wechselnder Intensität immer derselbe. Einen Versuch, ihn in seine Komponenten zu zerlegen, will er lieber bleiben lassen. Wenn ihm die Frau auf der Treppe begegnet, schaut sie weg. Sie sucht ebenso wenig das Gespräch wie er. Sie ist ein Schatten. Ein Schatten allerdings, der immer noch einen Schatten wirft: Geduckt wie sie geht der je nach Lichteinfall vor oder hinter ihr her über die blaue Wand hinweg, wenn sie die Treppe hinauf- oder hinabsteigt. Wenn sie Robert, der rascher ist als sie, hinter sich hergehen hört, bleibt sie stehen und lässt ihm den Vortritt. Auf keinen Fall will sie ihm Einblick in ihre Wohnung geben. Worauf er ohnehin nicht erpicht ist. Als einmal die Tür etwas länger als sonst offen blieb, sah er dort aufgetürmt bis zur Decke ein ausgedientes Klavier, zwei leere Schubladen und einen zerbrochenen Stuhl. Ferner, drunter und drüber, Kleider, schmutzige Wäsche, welke Blumensträusse, und als er so weit gekommen war mit seinem Inventar, war die Tür zu. Wie er sie, die, wie er von der Nachbarin im oberen Stock erfahren hat, Theres heisst, das nächste Mal sieht, fragt er: Wie geht's? Sie versucht ein Gesicht zu machen, ihm ins Gesicht zu blicken. Das bringt sie nicht zustande. Sie tippt sich mit zwei Fingern an die Stirn. Mehrmals. Er sagt: Das kenne ich. Verabschiedet sich. Geht in seine Wohnung. Sie in ihre. Auf dem Sofa ist neben der Katze, die dort schläft, und dem Telefon, das mit abgenommenem Hörer halb neben, halb auf ihr drauf liegt, knapp genug Raum für sie selber. Sie setzt sich. Die Katze wacht auf und will fressen. Theres steht auf. Die Katze eilt ihr voraus in die Küche. Dort steht der Fressnapf. Er ist leer. Sein Rand ist schmutzig, verkrustet. Theres füllt ihn mit Milch. Robert schaut zum Fenster hinaus. Es regnet. Im Haus gegenüber sind die Vorhänge zu. Beim obersten Fenster sind sie rot. Dahinter brennt am hellen Tag ein Licht. Bei dem darunter – ohne Licht – sind die Vorhänge blau.

Mit Nirgendwo meint Sophie auch und vor allem den Ort, an dem sie ist, wenn sie liest. Wo sich dort, wo eben noch ein Zimmer war, ein Raum auftut für alles, was sich mit Buchstaben nennen, verfluchen oder verneinen lässt: So zum Beispiel in *Unterwegs nach Ochotsk* eine Welt, die nicht nur Mischa Perms Sibirien ist, sondern auch das, was Sophie aus ihren eigenen Einöden entgegenkommt. Beinahe leibhaftig. Wort für Wort. Sie sitzt in der Buchhandlung. Über das Sibirienbuch gebeugt. Hört nichts. Sieht nichts. Bis sich einer vor sie hinstellt und fragt: Wo ist Ochotsk? Es ist der, mit dem sie im Café nicht ins Gespräch kommen wollte. Seither hat sie ihn dort noch ein paar Mal angetroffen und erfahren, dass er Otto heisst. Und dass er Arzt ist. Hat er sie also aufgespürt. Sie klappt das Buch zu: Hier, sagt sie und zeigt ihm auf der dem Umschlag aufgedruckten Landkarte ein vom Pazifik durch die Halbinsel Kamtschatka und die durchbrochene Kette der Kurilen abgetrenntes Randmeer. Das ist das Ochotskische Meer. Der Ort selber ist nicht angegeben. Der nächste rote Punkt ist Magadan. Dort war doch, was man das Tor zur Hölle nannte, sagt Otto. Der Gulag … Ja, sagt sie. Dort sind die gelandet, die nach Kolyma kamen. Oder in ein anderes der Straflager, die dort … Sagt sie. Bricht ab. Aber im Buch steht davon nichts, fährt sie weiter. Nur dass Magadan mit ungefähr hunderttausend Einwohnern für die in Ochotsk der nächste grössere Ort ist … Nun, wenn vom Gulag nichts drin steht, was dann? fragt Otto. Lesen Sie selber, sagt sie. Er blättert drin herum. Findet vor allem Natur. Aber auf dem Papier zählt die nicht. Dann schon lieber hinfahren und selber sehen, riechen, was dort wächst, sagt er und geht. Zuhause findet er heraus, dass die in Ochotsk jetzt Ende November eine Durchschnittstemperatur von -14 Grad haben. Ferner, dass es von dort keinen Landweg zum übrigen Russland gibt und dass das Meer monatelang zugefroren und für alles ausser einem regelrechten Eisbrecher unpassierbar ist. Vom Charme des alten Russlands ist ferner die Rede und dass der Ort mit seinen ungefähr viertausend Einwohnern um 1647 von

Kosaken gegründet wurde. Dass auf einem kleinen Flughafen in der Nähe im Sommer Flugzeuge landen, die aus aller Welt Lachsfischer dorthin bringen, ist ausserdem noch zu erfahren. Auch von Bären ist die Rede. Das ist nichts für mich, sagt sich Otto und geht schlafen. Mitten in der Nacht wacht er auf und sagt: Ich will nach Ochotsk. Das hat Zeit bis morgen, sagt er sich dann und bleibt wach, bis der Tag anfängt. Beschäftigt mit dem Reiseziel Ochotsk.

Umgetrieben von der Idee Ochotsk geht Otto am nächsten Tag von neuem in die Buchhandlung und blättert im Buch, von dem er gestern noch nichts wissen wollte, und jetzt ist es mit einem Mal zum dringenden Anliegen geworden. Rückwärts, dann wieder vorwärts, wobei er dieses und jenes findet. Laut liest er vor, woran er aneckt. Und noch lieber das, was ihm, wie die folgende Passage, gefällt: *Links und rechts öffnet sich ein Ausblick, der blosslegt, dass Ochotsk (…) keine Ortschaft ist, sondern kaum mehr als ein schon bald ins offene Gelände auslaufendes Netz aus wenigen, wenig belebten Strassen. Auf der Kreuzung schläft ein Hund …* Hunde haben es dort vielleicht ganz gut, ist sein Kommentar. Und dann noch: Ochotsk liegt in der Landschaft, als wäre es ein ausgefranster Teppich, vom Himmel gefallen. Was ist, wo der Teppich aufhört? will er wissen. Ein Stück weit gehen wohl die Strassen weiter, als Spuren durch den Sumpf, schlägt Sophie vor. Wohin denn? fragt er. In den Wald, sagt sie. Die Holzfäller … Richtig, es gibt dort Birken, Lärchen, Zedern, sagt er. Woher er das wisse, will Sophie wissen. Aus einem Film, sagt er. Wunderbare Wälder gab es da … Mit Bären drin? fragt Alex, der eben hereingekommen war, um seiner Mutter das Taschengeld abzuluchsen, das sie ihm zwar erst morgen schuldig ist, aber da er schon seit vorgestern mit seinem Cash am Ende ist … Ja, sagt Otto. Da war einer, den hatten die Jäger eben erlegt. Er hing mit zusammengebundenen Füssen an einem jungen Baum, den zwei Männer auf den Schultern trugen … Alex schweigt eine Weile und sagt dann: Ist das auch wirklich wahr? Weiss nicht, sagt Otto. Bei einem Film weiss man nie, sagt er und blättert weiter. Schade, dass hier keine Bilder drin sind, sagt er dann. Kein Wunder, wo es dort so neblig ist, sagt Sophie und öffnet das Buch, wie es sich gibt: *Es kommt ein Nebel auf*, steht auf Seite 37, sagt sie. *Die Ufer des Flusses verschwinden im Grau. Vom Himmel ist nichts mehr zu sehen. Neben dem Boot taucht der Kopf einer Robbe aus dem Wasser auf. Ein zweiter, ein dritter. Ein Boot mit zwei Männern drin ist mit einem Mal zum Erschrecken nah und auch schon wieder weg. Und dann ist nichts mehr da als die Fremden, die durchgerüttelt vom harten Seegang eng zusammengedrängt durch die Wellen taumeln* … Wer sind die Fremden? fragt Alex. Wenn man das wüsste, wären sie nicht fremd, sagt Otto. Finden sie je wieder aus dem Nebel heraus? fragt Alex weiter. Weiss nicht. Der Text bricht hier ab, sagt Sophie. Ein Riss im Teppich, sagt Otto. Man müsste über ihn hinwegfliegen, das Muster sehen können. Die Farben der Taiga, der Seen; die Linien der Flüsse … Ich muss gehen, sagt Alex. Sophie gibt ihm das Geld. Otto kauft das Buch. Wann soll er es bloss lesen? Er hat keine Zeit. Er ist Arzt. Man schreit nach ihm, beschimpft ihn, wenn er keine Wunder tut: Gestern das Kind, das überfahren wurde, und als man es endlich zu ihm brachte, war es zu spät … Nichts wie weg, sagt er, wobei er nicht die Buchhandlung im Sinn hat, sondern alles. Warum nicht nach Ochotsk.

Wie Sophie wieder allein ist, liest sie weiter. Blickt auf, blickt ins Leere und wundert sich darüber, dass Otto das Buch gekauft hat, wo er doch bis anhin für nichts einen Sinn zu haben schien als für das, was offensichtlich einen Sinn hat und einen Zweck … Dass er es ihretwegen getan haben könnte, geht ihr durch den Kopf. Dass er wiederkommen würde, um über das Buch zu sprechen; um ihr zu sagen, dass es ihm gefalle oder missfalle und was daran nicht richtig sei oder vielleicht doch … Du bist nicht fertig mit deiner Arbeit. Nicht einmal angefangen hast du, sagt ihr Chef und Onkel und mustert die Bücherregale, die rundum an den Wänden stehen. Er ist durch den Hintereingang hereingekommen, lautlos. Sie lässt das Buch fallen. Dreht sich um. Was sie hätte tun sollen und noch nicht einmal angefangen hat, ist Folgendes: Ordnung ins Chaos und damit auch gleich wieder Chaos in die Ordnung bringen. Genauer: In der alphabetischen Reihenfolge der Bücher die Bücher so umstellen, dass sie wieder dort stehen, wo sie hingehören, und dass bei jedem Buchstaben wieder ein paar Bücher Platz haben, falls neue dazu kommen sollten. Unter P zum Beispiel ein neues von Mischa Perm … Nach P wie Puschkin kommt gleich R. Ohne Zwischenraum. Einen Autor, dessen Namen mit Q anfängt, gibt es nicht. Oder doch? Richtig, Queneaus *Heiliger Bimbam* ist nach hinten gerutscht. Ein seltsamer Heiliger. Wenn sie nicht den Chef und Onkel im Rücken hätte, würde Sophie gleich zu lesen anfangen. So ordnet sie halt die Bücher, wie er es haben will. Er hat sich inzwischen gebückt, das Buch aufgehoben und dort, wo Sophie aufgehört hat, in *Unterwegs nach Ochotsk* zu lesen angefangen. Dass der Verfasser verloren gegangen ist, ist Gold wert, sagt er. Wer würde sonst lesen wollen: *Nebel. Langsame Wellen gehen unter dem Schiff hinweg. Die Luft ist feucht. In Schwaden kommt sie entgegen, streicht sie vorbei …* Oder doch? fragt er sich laut. Sieht vor sich, als Schattenriss im Nebel, eine Gestalt, die langsam näher kommt, kenntlich wird. Ich habe nicht gewusst, dass Olga nach Sibirien zurückgekehrt ist, sagt er vor sich hin. Schliesst die Augen, damit sie, die er gern zur Frau gehabt hätte, nicht geblendet wird vom Licht dieser andern Welt … Wenn du fertig bist, kannst du den Laden zumachen, sagt er zu Sophie. Klemmt das Buch unter den Arm und geht.

Wo sie nur so lang bleibt? fragt Alex, der mit seiner Zwillingsschwester Alice am Tisch sitzt und Schulaufgaben machen sollte. In der Buchhandlung, sagt Alice. Oder in der Bar, sagt Alex. Dort kennt sie einen. Und dann: Sie war viel grösser als die in Chicago. Was meinst du? fragt Alice. Die Ratte, was sonst; die auf dem Heimweg. Hast du sie schon vergessen? Grösser nicht, aber dicker, sagt Alice. Die Burschen, die mit den Stiefeln, traten sie mit Füssen, sagt Alex und ist froh, dass er noch kein solcher Bursche ist. Ihm gefallen die Ratten. Als sie noch in Chicago wohnten, hatten sie eine, die gelegentlich durch ein Loch im Küchenboden zu Besuch kam. Fast zahm war die. Alice, überzeugt, dass die Ratte ein Er war, hatte sie auf den Namen Fitzwilliam getauft, während Sophie das Tier ein Mistvieh nannte. Sie frass, was sie fand. Wenn sie Jeff vor die Füsse kam, gab er ihr einen Tritt. Wie die Burschen in den Stiefeln. Wobei er aber meistens in Socken war. Das tat Fitzwilliam nicht weh. Wenn er ihn nur einmal beissen würde, sagte Sophie, als Jeff, verärgert über das Tier und überhaupt, zur Küchentür hinausstürzte und bis spät in die Nacht hinein nicht mehr zurückkam. Das geschah aber nie. Fitzwilliam zog es vor, sich zu verziehen, wenn er sich unerwünscht fühlte. Als Sophie Jeff verliess und mit Alex und Alice dorthin zurückkehrte, wo sie hergekommen war, blieb die Ratte bei Jeff, der sich, einsam, wie er nun eine Zeit lang war, alsbald an das Tier anschloss und ihm jeden Tag Futter hinstellte. Das hatte er den Kindern einmal geschrieben. Er schrieb nur, wenn es etwas zu erzählen gab. Die letzte Botschaft war, dass er im nächsten Sommer wirklich nach Alaska fahren würde. Auf Lachsfang. Wenn ich grösser wäre, würde er mich mitnehmen, sagt Alex, wie er nun mit seiner Schwester die Vor- und Nachteile des früheren Lebens verhandelt. Sophie würde dich nicht gehen lassen, sagt Alice. Die hat da gar nichts zu sagen, sagt Alex und möchte, sie wären in Chicago geblieben. Ohne die Mutter? fragt Alice. Das dann lieber doch nicht. Wenn Sophie nur endlich käme, sagt Alex. Ich habe Hunger. Koch dir doch was, sagt Alice. Keine Lust, sagt Alex. Dann halt nicht, sagt Alice. Ich habe Hunger, sagt Alex, schiebt die Schulsachen weg und holt ein Stück Käse aus dem Kühlschrank. Ein paar Äpfel sind auch noch da. Leider kein Brot. Wo sie nur so lang bleibt? fragt Alex. Alice gibt keine Antwort. Und sagt dann: Hast du die Frau gesehen, die mit einer Falle in der Hand der Ratte nachlief? Hör auf mit den Ratten, sagt Alex. Es reicht.

Robert steht am Fenster. Hinter dem blauen Vorhang brennt ein Licht. Er ist nur halb zugezogen. Durch die Lücke zwischen Blau und Blau kann Robert die Personen, die sich hinter dem Vorhang als Schattenbilder zeigen, leibhaftig vor sich sehen: die farbigen Kleider, die Gebärden, die Haare, die Haut. Es sind Afrikaner. Die Fenster drüben sind ebenso undicht wie seine eigenen, so dass er nur allzu gut, aber heute gefällt es ihm, ihre Musik hören kann. Die bringt ihn weit weg von hier. Nicht nach Afrika, wo sie herkommt. Sondern durch den Vorhang hindurch ins Blaue. In ein Land, in dem er einmal ein paar Monate lang war. So sieht er sich jetzt, gespiegelt in einer trüben Scheibe, wie er in der transsibirischen Eisenbahn am Fenster stand und ein Gewässer, eine Bergkette und einen bewölkten Himmel, eins über das andere geschichtet, an sich vorüberziehen sah; alles in Blautönen, und auf dem Wasser konnte man die Schatten der Wolken ausmachen. Er sieht sich, aber damals war er ein anderer, wie er am Fenster steht und dieses blau in blau gestreifte Muster fotografiert. Weil es ihm etwas sagt, dem er dann zuhause nachgehen will. Wie auch das Bild, das in seiner Küche hängt und, wenn auch nur in Sachen Blau, dem andern ähnlich sieht: Links und rechts vom Bildrand abgeschnitten kann man zwei Zelte sehen. Dazwischen grün die Steppe, grau den Himmel und im Vordergrund, auf trockenem Sand, eine blaue Bank. Leer. Gleich daneben, auf dem Boden liegend, drei Bretter in einem helleren Blau, jedes anders als das andere. Und ferner, im Hintergrund, einer über den andern geworfen, zwei Baumstämme, noch nicht entrindet: Er weiss, dass diese seltsame Örtlichkeit eine Bedeutung hatte für ihn.

Und dass er die Sprache jener Blautöne verlernt, dass er damit das Bild verloren hat, auch wenn es nach wie vor in seiner Küche hängt und gelegentlich einen der seltenen Besucher dazu bringt zu sagen: Wie schön das ist. Oder: Wo war das nur? Da möchte ich auch einmal hin … Als ob nicht längst die Zelte abgebrochen, das Holz verheizt, die Bank gestohlen und die Bretter an einen Gartenzaun genagelt worden wären. Oder auch alles weggeblasen von einem Sturm, der keine Ruhe gab, bis alles weggefegt war, was in dieser entlegenen Gegend die Erde bewohnbar machte. Bis nichts mehr da war als Trümmer, die in den Himmel flogen und dann wieder herabfielen. Irgendwo. Eine Staubwolke, die sich langsam lichtete. Weit weg.

Ich verliere mich, sagt er vor sich hin. Was er oft sagt, aber bisher hat er sich noch nicht ein für alle Mal verloren, hat er sich immer noch im Griff gehabt, irgendwie. So wie er sich auch jetzt immer noch daran halten kann, dass er in seiner Wohnung am Fenster steht. Dass er, wie er es jeden Abend tut, seine Nachbarn beobachtet: Wie der Vater den Sohn hochhebt, hoch über seinen Kopf, kann er sehen. Was nicht an jedem Abend zu sehen ist. Und dass der Sohn den Kopf an der Lampe anschlägt und lacht, sieht er jetzt, während die Lampe ins Taumeln gerät, die Schatten an den Wänden in Aufruhr geraten, die Mutter schreit und das kleinste Kind, von dem Robert nicht weiss, ob es ein Bub oder ein Mädchen ist, will auch; irgendetwas will es auch, wenn es nur wüsste, wenn er nur wüsste, was. Wenn er nur wüsste überhaupt: Zum Beispiel, ob das Haus, in das er hinüberblickt, tatsächlich dort drüben steht, beinahe in Reichweite.

Oder ob es so ist, dass ihm träumt, wie er früher einmal aus dem Fenster blickte. Wie er irgendwo, irgendwann aus dem Fenster blickte. Als ob er kaum je etwas anderes täte oder getan hätte, als aus dem Fenster blicken; vielleicht in Paris oder in New York, wo es zwar keine solchen Häuser und auch keine solchen Fenster gab. Aber doch Häuser und Fenster. Und hinter den Fenstern, ähnlich wie hier, eine Familie; beim Abendessen … In Brooklyn oder wer weiss wo, sagt er vor sich hin und ist froh, dass in diesem Augenblick jemand an seiner Tür klingelt und ihn aus seinem Dahindämmern aufschreckt. Dass es die Nachbarin ist, die vor ihm steht, eine Mausefalle in der Hand, nimmt er gern in Kauf, wenn sie ihm nur bestätigt, dass er noch er ist. Dass er auf seinen Füssen steht. Sie ist kaputt, sagt sie. Ich habe die Ratte nicht fangen können. Ich muss die Ratte fangen. Haben Sie Ratten in der Wohnung? fragt er, einigermassen bestürzt über die Nähe der Bedrohung. Die aber auch ihren Reiz hat. Ja, auch, sagt sie. Aber die Ratten sind überall. Nicht nur bei mir. Zeigen Sie her, sagt er und untersucht die Mausefalle. Es ist kalt hier draussen, wollen Sie nicht hereinkommen? Mit einer einladenden Handbewegung sagt er das, wenn auch ungern. Sie aber: Ich kann nicht, sagt sie. Ich habe keine Zeit. Ich muss … sagt sie. Und schon ist sie weg, durch den Türspalt in ihre Wohnung geschlüpft. Wo sie, noch bevor sie die Tür zuschlägt, über etwas stolpert, etwas umwirft, während er dasteht, die Mausefalle in der Hand, und schliesslich, denn es ist kalt hier draussen, seit Jahren fehlt hier eine Fensterscheibe, sich in seine Wohnung zurückzieht, die Mausefalle aufs Fenstersims stellt und von neuem hinausschaut.

Das Schauspiel drüben ist zu Ende. Der Vorhang ist zu. Das Licht gelöscht, so wie es meistens war, als noch der alte Mann dort wohnte. Der noch dort wohnte, als er längst tot war, und niemand hatte ihn vermisst. Auch er nicht, wirft sich Robert vor; gegen alle Vernunft, wo doch das Haus gegenüber einen andern Ausgang hat, an einer anderen Strasse liegt. Wie hätte er dem alten Mann da je begegnen können, wie ihn nach seinem Befinden fragen? Wie hätte er sich um ihn kümmern sollen, wo ja ohnehin der alte Mann kaum je ans Fenster kam; ausser wenn gegen Abend die Sonne in sein Zimmer schien. In der Hoffnung, dort zur Ruhe zu kommen, setzt sich Robert in seinen Sessel. Steht noch einmal auf, um die Mausefalle zu holen, die, wie er gleich bemerkt, völlig intakt ist. Was die nur will, sagt er, womit er die Nachbarin meint. Was nicht als Frage gemeint ist, denn was soll die schon wollen, wo sie nichts zu wollen hat, nie etwas zu wollen hatte, immer nur ein Schatten war. So kommt er nicht zur Ruhe. Er gibt auf, nimmt seinen Regenmantel, geht scharf um die Ecke an der Türe der Nachbarin vorbei und die Treppe hinab, drei Stockwerke sind das bis unten, und dann vorbei an den Abfalleimern, die wieder einmal nicht geleert worden sind; die überquellen, nach Fisch stinken, nach noch Schlimmerem. Kein Wunder, dass wir hier Ratten haben, sagt er und sieht auch schon eine, die aufgeschreckt im Zickzack schräg über den Hof läuft. Und: Sehen Sie! schreit da die Nachbarin durchs offene Fenster hinab. Dort, die Ratte! Das ist ein Zeichen! schreit sie, zieht das Fenster zu und schaut, aber das ahnt er mehr, als dass er es sieht, durch die Lücke zwischen den Vorhängen zu ihm herab. Ein Zeichen wofür? hätte er gern gefragt.

Dass die Pest im Anzug ist, dass die Welt untergeht oder noch schlimmer? So schnell er kann, läuft er dem Gedanken an das noch Schlimmere davon und geht den Weg, den er immer geht: Durch ein paar enge Strassen zum Fluss hinab und von dort zur nächsten Brücke; flussabwärts, denn das ist die Richtung, in der es ihn zieht. Ob er wohl unbeschadet hinüberkommt? Ob er wohl diesmal noch weiter … Ob er hinabgezogen wird ins Wasser, das nach all dem Regen in den letzten Tagen schmutzig und sehr rasch unter den Brückenbogen hindurchfliesst, Äste, ganze Baumstämme mit sich führt? Nicht dass er einen besonderen Grund hätte, sich umzubringen. Genau wie er auch keinen besonderen Grund hat, am Leben zu bleiben. Aber es ist da doch immer dieser Drang, und da bleibt er auch schon stehen, hält sich am Geländer fest, lehnt sich weit hinaus, blickt hinab und weiss: Heute nicht. Und wohl überhaupt nicht, wo, wie er gestern in der Zeitung las, der Weltuntergang bald kommt und ihm und allen seinesgleichen die Mühe, sich aus der Welt zu befördern, abnimmt. Aus Langeweile versucht er, sich den Weltuntergang vorzustellen; anders, als es in der Zeitung stand, auf seine Art: Dass der sich ereignen könnte als ein Loch im Boden, kommt ihm in den Sinn. Gerade hier, jetzt. Dass in dieses Loch er selbst, die Brücke, der Fluss, die Stadt, der Himmel hinabgesogen würde … Von einem Augenblick zum andern, und wie soll da einer noch den nächsten Schritt tun wollen, wenn er überall und jederzeit nichts anderes zu erwarten hat als einen solchen Abgang.

Ich verliere mich, sagt Robert, nimmt sich zusammen und geht zur nächsten Bar. Dort will er den Wodka trinken, der jeweils hilft, wenn ihm zum Heulen ist oder noch schlimmer. Einen Wodka und dann gleich noch einen. Er spürt, wie es kühl durch seine Kehle hinabrinnt; hinab in den Magen, in den Bauch. Er spürt, dass er der ist, der trinkt – noch einen bitte – und dass die Welt um ihn herum sich vom Zerfall erholt. Dass sie sich zusammenfügt zu einem Raum, in dem er an der Theke steht; wo an ein paar Tischen ein paar Männer sitzen, eine Frau. Er weiss wieder, dass das alles schon einmal da war, schon oft sogar. Und dass ihn jetzt gleich die Frau dort drüben bitten wird, sich an ihren Tisch zu setzen, mit ihr zu reden. Was er in seinem wild ins Freie drängenden Wunschtraum tun wird, sobald sie ihm nur das kleinste Zeichen gibt, und ihr erzählen, dass er nicht immer der war, der er heute ist. So … Er weiss nicht, wie er das nennen soll. Verloren eben. Sondern … So selbstverständlich am Leben wie sie selber, mit ihrem entschlossenen Blick. Als wäre sie seine Schwester, möchte er sich zu ihr setzen. Sie fragen, ob sie vielleicht seine Schwester sei? Ob sie sich an ihn erinnere, klein wie er war, als sie zum letzten Mal miteinander unter dem Apfelbaum sassen und eines ihrer ernsten Gespräche führten. Das alles erinnert, erlebt er, während sie unentwegt ihren Kaffee trinkt, ihre Zeitung liest. Ihn nicht einmal anschaut und schon gar nicht ihm zu verstehen gibt, dass es ihr willkommen wäre, wenn er sich zu ihr setzen, ihr erzählen würde. Ihr sagen, dass er vielleicht ihr Bruder war, und falls ja, immer noch ist. Und wie sie nun aufbricht, sich weder nach ihm noch nach irgendwem umsieht … Als sei sie nicht. Als sei nichts gewesen, als dass er sich wieder einmal verloren hat. Sich entglitten ist. Er versucht, sie zurückzuhalten. Mit einem

Blick. Sie beachtet ihn nicht. Was heisst, dass sie ihn nicht erkannt hat. Ist schon weg. Er blickt zum Fenster hinaus. Es regnet. Stürmt. Die Strassenlampen wackeln. Licht rinnt über den nassen Asphalt. Er legt, was er schuldet, auf die Theke und geht. Egal wohin. Das Wasser rinnt ihm über das Gesicht. Der Regenmantel hält nicht dicht. Nass wie eine Ratte bist du, hat seine Schwester einmal zu ihm gesagt, als er nass aus dem Garten kam, wo er umsonst auf sie gewartet hatte. Das war, als er sich noch vor Ratten fürchtete. Aber sie gefielen ihm auch. Und wie er dann einmal eine fing, Jahre später; wie er sie in seinem Zimmer versteckte, fütterte, dressierte, bis sie ihm unten zum Ärmel hinein- und oben am Kragen herauskroch, fällt ihm ein. Wie er ihr, als er sie so weit hatte, einen Namen gab. Natascha nannte er sie. Nach seiner Schwester. Die schon vor Jahren verschwunden war. Ein anderer Name kam ihm nicht in den Sinn. Und da läuft ihm nun tatsächlich eine Ratte über den Weg. Er bleibt stehen und stellt fest, dass es nicht mehr nur der Regen ist, der ihn nass macht, sondern dass ausserdem noch grosse Tropfen von den Bäumen fallen; ihm auf den Kopf, in den Kragen. Macht nichts, nässer als er schon ist, kann er nicht werden. Nass wie eine Ratte.

Du holst dir den Tod, wenn du nicht schleunigst nachhause gehst und dich umziehst, sagt ihm da jemand, der in seinem Ohr sitzt. Er weiss nicht, wer das ist und was das heissen soll. Sich den Tod holen? Statt dass er einem zustösst: Wenn man es so sagt, ist es freiwillig, sagt er sich. Zu erwarten ist ja, dass nicht ich mir den Tod hole, sondern er mich. Dass ich mitmuss, wenn er mich holt; ob ich will oder nicht. Ob es da nicht doch besser wäre, ihm zuvorzukommen und – nässer kann ich nicht mehr werden – zwecks Vermeidung von noch Schlimmerem in den Fluss zu springen? Heisst das nicht, dass ich bestimmen kann, wo es hingeht, wenn ich mich dem Tod freiwillig ausliefere? Vor der Zeit. Dass ich ihm sagen kann, dass ich weder in den Himmel will noch in die Hölle; dass ich überhaupt nichts mehr will, sondern nur schlafen, egal wo, Tag und Nacht, bis es keinen Tag mehr gibt und keine Nacht, sondern alles eins und nicht du und nicht ich und nicht hier und nicht dort. Du holst dir den Tod: Es war seine Schwester, die ihm das sagte. Als er beim Krebse fangen in den Bach fiel, war das. Sie machte sich Sorgen um ihn, wollte, dass er am Leben blieb. Im Leben, wie die beiden damals sagten, denn das Leben war ein Obstgarten mit einem Zaun darum, damit niemand die Äpfel stehlen konnte, die dort eigens für sie beide wuchsen und reif wurden. Oder es war ein Zaun da, damit nicht sie oder er aus Versehen beim Apfel pflücken aus dem Leben rutschen würde in das abschüssige Gelände der anderen Welt, die ausserhalb des Gartens anfing. Wie denkst du dir den Tod? fragte Robert seine Schwester, als sie das letzte Mal miteinander unter dem grössten der Apfelbäume sassen. Unter dem mit den rotgrünen Äpfeln. Dass ich nicht mehr denken kann, denke ich mir, sagte die Schwester. Nicht mehr sehen, hören, riechen, fühlen. Und dann bin ich nicht mehr ich. Ein Tropfen fällt ihm auf die Nase. Er blickt auf. Die Äste über seinem Kopf haben schon beinahe ihr ganzes Laub verloren. Ein paar Blätter, gelb, paarig gefiedert, hängen noch da und dort. Es hat aufgehört zu regnen. Ein heller Stern steht am Himmel. Von dem kommt die Kälte her, die ihm in die Knochen kriecht. Der steht jetzt hoch über der Strasse, die er entlanggeht. Hoch über der Kirche, die mit ihren stumpfen Doppeltürmen ein Stück weit in den Himmel ragt und dann jäh abbricht. Die Wolken haben sich verzogen. Der Wind, der sie verjagt hat, bläst ihm ins Gesicht. Und wenn der auch seinen Mantel, seine Haare trocknet: Du holst dir den Tod, hört er seine Schwester sagen. Wenn sie nur bei ihm wäre. Wenn ich das nächste Mal nach Sibirien reise, nehme ich sie mit. Das muss ich ihr schreiben, nimmt er sich vor. Wenn er nur ihre Adresse hätte. Kurz nachdem sie aus seinem Leben verschwunden war, hatte er ihr einen Brief geschrieben. Adressiert: An meine Schwester. Irgendwo auf der Welt. Wo sie gerade ist.

Wie komme ich nach Ochotsk? fragt sich Otto. Es ist ihm ernst damit. Quer durch Sibirien mit der Bahn von Moskau bis nach Wladiwostok oder im Direktflug mit den Fischern, die dort oder in Kamtschatka auf Lachsfang gehen? Das ist kein Ziel für dich, haben ihm die gesagt, denen er von seinen Plänen erzählt hat. Sie haben recht. Wozu nur soll er ausgerechnet dorthin wollen; aus keinem andern Grund als weil es ein Buch gibt, das *Unterwegs nach Ochotsk* heisst und damit den durchaus falschen Eindruck erweckt, man könne sich dorthin auf den Weg machen, wie man jedes Jahr in den Urlaub fährt; ins Gebirge oder ans Meer, um sich dort ohne viel Mühe und Kosten zu erholen von der Arbeit, die war, für die Arbeit, die kommt. Das an brauchbaren Auskünften überaus arme Buch hat immerhin deutlich gemacht, dass es ihm, genauer dem Verfasser, eher als um das Ziel ums Unterwegssein geht. Was eine alte Weisheit ist. Umso besser. Man wird in Ochotsk kaum eine Unterkunft finden. Das Hotel Ochotsk, auf das Otto bei seiner Suche gestossen ist, liegt ein paar Stunden weit weg in Japan drüben. Was will er denn, wenn er nach Ochotsk will? Keine Ahnung, muss er sich sagen; er, der doch sonst immer weiss, was er tut und warum oder warum nicht. Was immer er jedoch als ein vor- und umsichtiger Mann seinem Vorhaben entgegenhält: Es bleibt bei Ochotsk. Warum nicht als Schiffsarzt, fällt ihm ein, wie er auf der Suche nach einer einigermassen machbaren Möglichkeit entdeckt, dass es ein Expeditionsschiff gibt, das im nächsten Sommer dorthin fährt; von Japan aus. Bald findet er auch heraus, dass man für diese Fahrt tatsächlich einen Schiffsarzt sucht. Dass er den Posten, um den er sich gleich bemüht, erhalten wird, ist zwar unwahrscheinlich. Aber er weiss, dass dann und wann Unwahrscheinliches geschieht, auch wenn das den normalen Gang der Dinge stört. Und erhält auch bald den Bescheid, dass er auf der Liste der möglichen Anwärter steht, obwohl er nicht, wie verlangt, ein Notarzt ist. Er ist zuversichtlich, dass er taugt, für was es hier braucht. Was kann da schon geschehen: Dass jemand den Arm bricht, wenn er auf dem Deck ausrutscht. Oder, schlimmer, die Hüfte. Das wird er schon hinkriegen. Er hat von einem Psychiater gelesen, der als Arzt auf einem Walfängerschiff ein von einem Wal zerfleischtes Bein amputieren musste. Der Patient überlebte. Was ein Psychiater kann, kann er, der in seiner Praxis alles macht, was kommt, auch: So bereitet er sich also vor, übt sich in dem, was er nicht kann, lernt Russisch, obwohl das niemand von ihm verlangt, und liest, das ist die Hauptsache, zum ersten Mal das Buch *Unterwegs nach Ochotsk* von vorn nach hinten im Hinblick nicht so sehr auf die angeblichen Tatsachen, denen er nach einigen Stichproben ohnehin nicht traut, sondern in einem wachsenden Interesse an der seelischen Verfassung des Verfassers. Wie es wohl einem zu Mute ist, der tiefer und tiefer in den Nebel hineingeht, bis er schliesslich kaum mehr sieht, wo er seine Füsse hinsetzt, möchte er wissen. Nebel so oder so: in der Luft oder im Gemüt.

SO GEHT DAS NICHT, sagt Alice zu der Frau, die sie mit einer Falle in der Hand einer Ratte nachlaufen sieht; in der offensichtlich hoffnungslosen Absicht, sie so einfangen zu können. Ja, aber wie denn? fragt die Frau. Sie ist ratlos. Alice hat keine Lust, ihr zu sagen, was sich von selbst versteht. Weil es aber wirklich nicht zum Aushalten ist, wie die Frau sich anstellt, sagt sie es doch: Die Falle auf den Boden stellen, aufmachen, ein Stück Schokolade hineinlegen, sich verstecken und abwarten, sagt sie. Was hier auf offener Strasse allerdings kaum etwas bringt. Besser wäre es, wenn Sie die Ratte fürs Erste in einen geschlossenen Raum locken könnten und erst dann … Da war sie schon. In meinem Schlafzimmer, sagt die Frau. Mit einem Besen habe ich sie unter dem Bett hervorgeholt, und dann rannte sie weg; aus der Wohnung drei Etagen hinab in den Hof und von dort auf die Strasse. Nun, warum haben Sie nicht da schon … unterbricht sie Alice und verstummt; selber ratlos jetzt, wie sie bemerkt, dass die Frau zittert wie jemand, der Angst hat. Oder kann auch sein, dass sie friert, erweitert Alice ihre Diagnose, wie sie sieht, dass die Frau in Pantoffeln ohne Strümpfe, nichts als das Nachthemd unter dem Mantel, im Wind steht und bereits blau angelaufen ist an den Händen und im Gesicht. Warum wollen Sie denn die Ratte fangen? fragt Alice weiter. Sind Sie nicht froh, dass Sie das Biest los sind? Wo er mir doch die Falle geflickt hat, sagt die Frau und weint schon beinahe. Soll das umsonst gewesen sein? Wenn ich die Ratte nicht fange, wird er böse werden. Nie mehr wird er mir dann helfen, mit mir sprechen wollen. Wer ist er? fragt Alice. Mein Nachbar, wer sonst, sagt die Frau und denkt, das Kind weiss nichts. Das Kind aber weiss zwar nicht Bescheid über den Nachbarn, aber abgesehen davon doch sehr viel mehr, als die Frau glaubt. Unter anderem glaubt es zu wissen, dass die Frau nicht bei Trost ist. Kann ich Sie nachhause begleiten, fragt es endlich im Bann dieser beunruhigenden Erkenntnis. Sehr höflich. Wie viel willst du dafür? fragt die Frau. Nichts, sagt Alice und möchte, sie hätte weggeblickt, als die Frau mit ihrer Falle, geschlossen war sie auch noch, von Geistern gejagt der Ratte nachlief. Wie viel, will ich wissen, wie viel? lässt die Frau nicht ab zu fragen, worauf Alice sich in die Buchhandlung flüchtet, wo sie ohnehin hinwollte, und ihrer Mutter, kaum ist sie drin, von dem seltsamen Vorfall zu erzählen anfängt.

Sie spinnt, sagt Alice, wie sie am Ende ihres Berichts ist. Kann sein, sagt Sophie. Oder sie ist schon so lange allein, dass sie vergessen hat, wie es unter Menschen zugeht. Sie hat ihren Nachbarn, unterbricht Alice die Belehrung. Der spricht mit ihr. Der hilft ihr. In den ist sie verliebt … Dass der Mann, der jetzt hereinkommt und störend in ihre Überlegungen hereinplatzt, kein anderer ist als eben dieser Nachbar, weiss sie allerdings, beinahe allwissend, wie sie sich gibt, doch nicht. So wie der seinerseits keine Ahnung hat, dass eben von ihm die Rede war; von ihm in der Rolle eines barmherzigen Engels noch dazu, die zu ihm passt, als ginge er statt im Regenmantel in einem weissen Flügelkleid in der Stadt herum. Was man in der Vorweihnachtszeit tatsächlich dann und wann sehen kann; erwachsene Männer, die so ausgerüstet vor einem Warenhaus stehen und elektrische Kerzen verkaufen. Engel hin oder her: Verlegen ist Robert ohnehin. Nie mehr hat er seit dem Erscheinen seines ersten und bisher einzigen Buches eine Buchhandlung betreten. Mit den Büchern ist er fertig. Wäre er fertig, wenn er nicht eine Erleuchtung gehabt hätte, die ihn zurückgeworfen hat bis in die Zeit, wo er die ersten Jugendbücher las. Die kam ihm, als er heute früh die Frau, die jetzt vor ihm steht und nichts anderes will, als ihm ein Buch verkaufen, wie üblich in der Bar sitzen sah. Aber anders als zuvor. Nicht als sich selber, sondern … So wie die Menschen im Traum sich selber sind und nicht. Ein Einfall also, der ihn nicht mehr losgelassen … der ihn veranlasst hat, der Frau, von der er nicht einmal den Namen weiss, nachzugehen, bis er wusste, wo sie zur Arbeit ging. Und dann an ihr, als sie das Gitter hochkurbelte und den Laden aufmachte, vorbei und weiter. Irgendwohin. Wie jeden Tag, zum Fluss, über die Brücke und wieder zurück. Irgendwohin. Wenn nicht im Kreis, so doch in engeren oder weiteren Schleifen. Was man die Zeit totschlagen nennt. Bis ihm am späten Nachmittag die Zeit richtig schien, in der Buchhandlung vorzusprechen und die Frau mit seinem Einfall bekannt zu machen. Was er, vorerst zögernd, in Gang zu setzen versucht, indem er ein Buch in die Hand nimmt. Nein, nicht *Unterwegs nach Ochotsk*, sondern eins mit dem Titel *Die Erfindung der Einsamkeit*, von dem er vielleicht noch etwas lernen kann. Zögernd, behutsam nähert er sich dem, was er vorhat. Der Frau. Seiner Frage an sie. Tritt einen Schritt zur Seite. Dann vor sie hin: Ich wollte Sie fragen, ob Sie vielleicht meine Schwester sind, stösst er nach all dem Hin und Her derart plötzlich heraus, dass Sophie erschrocken einen Schritt zurücktritt, bevor sie ihn noch als einen allfälligen Kunden hat zur Kenntnis nehmen können.

Sie hat keinen Bruder! kommt Alex seiner verdutzten Mutter zur Hilfe, indem er sich den Mann im Regenmantel, der sich hier uneingeladen breit macht, vornimmt, als wolle er ihn zum Zweikampf fordern. Vielleicht ist er gestorben, als sie noch ein Kind war, sagt Robert zu dem Jungen, der eben hereingekommen ist, als ob er hier zuhause wäre. Mit gutem Recht. Sie hat keinen Bruder! sagt Alex noch einmal, lauter. Und wenn da einer gewesen wäre, als sie noch klein war? Und wenn Sie der gewesen wären, der ihr Bruder war … Sind Sie vielleicht tot? fragt er Robert. Der, ohne sich zu wundern, bemerkt: Das kann gut sein. Wer weiss. Worauf fürs Erste das Gespräch, das der im Regenmantel so brüsk eröffnet hat, stockt. Der spinnt. Oder er ist blöd, sagt Alex schliesslich. Psst! sagt da aber Alice, die sich hinter einem Stapel Bücher versteckt hat. Sie will hören, wie es weitergeht. Wissen, was sich da tut. Sophie, verwirrt, verlegen: Als ob sie nichts gehört hätte, fragt sie nun den ihr weder wirklich bekannten noch gänzlich unbekannten Robert, ob sie ihm etwas zeigen dürfe? Zum Lesen für ihn, für seine Kinder. Er, der mit der Erfindung der Einsamkeit bereits fertig ist, blickt in unbeirrbarer Hoffnung auf Verständnis Sophie ins Gesicht: Ich frage Sie, ob Sie meine Schwester sind, sagt er noch einmal. Worauf Sophie, die aus Erfahrung weiss, dass man Fragen, die man nicht beantworten kann oder will, am besten mit einer Gegenfrage begegnet, ihm ihrerseits die Frage stellt, ob sie denn seiner Schwester ähnlich sehe? Und dann gleich noch eine: Wer er sei? Das nicht, sagt er. Aber Sie sind ihr ähnlich. In dem, was man nicht sieht. Und: Mein Name ist Robert, sagt er dann auch noch, worauf sie ihn, obwohl ihr das jetzt nicht wichtig ist, aber irgendetwas muss sie sagen, fragt, wie denn seine Schwester heisse? Als sie ein Kind war, nannte man sie Frosch, sagt er. Eigentlich hiess sie Natascha, sagt er noch, was Sophie zu dem entsetzten Einwurf veranlasst: Ist sie denn tot? Weiss nicht, sagt Robert. Aber darum geht es nicht, sagt er wie einer, der sich bei einer Selbstverständlichkeit nicht aufhalten will, wo es weiss Gott Dringenderes zu besprechen gibt, als die ewigen Fragen zum Thema Tod. Wenn der nicht spinnt, sagt Alex zu Alice; so laut, dass es die Mutter ebenfalls hören muss. Und der im Regenmantel, der also, hat Alex zur Kenntnis genommen, Robert heisst, erst recht. Alice dagegen ist immer noch darauf bedacht, den Bruder, wenn nicht zum Schweigen, so doch mindestens zum Flüstern zu bringen. Wenn es ihm halt egal ist, ob sie noch lebt, flüstert sie ihm zu. Und wenn es mir egal wäre, ob du noch lebst, wäre dir das egal? gibt ihr Alex entrüstet zurück. Immerhin etwas leiser, so dass sich die Erwachsenen in ihrem nun einigermassen ins Fliessen gekommenen Gespräch nicht gestört fühlen. Warum hiess sie Frosch? So hässlich kann Ihre Schwester doch nicht gewesen sein, hören die Kinder ihre Mutter sagen. Als Kind, fügt sie dazu, falls die Schwester tatsächlich nicht mehr leben sollte. Wie sie ihm schon geradezu schmeichelt! zischt Alex verärgert und hofft, dass Sophie nicht auf einen Stiefvater aus ist. Mein Name ist Sophie, sagt die. Dass das unter den gegebenen Umständen in Ordnung ist, versteht sich, wie Alex weiss, von selbst. Und: Möchten Sie einen Kaffee? fragt sie. Was sie sonst nur sehr guten Kunden anbietet. Ja, gern, sagt Robert. Und: Ohne Zucker, bitte. Aber gern, sagt Sophie. Worauf sie sich dienstfertig zu schaffen macht, den Kaffee bringt und noch

Kuchen dazu. Wo das nur hinführt, um Himmels willen! stöhnt Alex, seufzt Alice. Worauf sich die beiden anschauen und in wortlosem Einverständnis den Laden verlassen.

Lieber ein Glas Wein, sagt Sophie. Sie sitzt mit Robert in der Bar. Er trinkt Wodka. Es ist Nacht. Sophies Kinder sind im Bett, hofft sie. Auf der Strasse liegt Schnee. Die Fussspuren, die seine glatte Oberfläche zerstören, sind schwarz vom Schmelzwasser, das von unten her durchsickert. Wir sind nicht in Sibirien, sagt Robert. Was ist dort? fragt Sophie. Sibirien ist für sie ein Buch, dem nichts auf der Welt entsprechen kann. Seltsam, wie es ist. Dort bekommt man im Winter keine nassen Füsse, sagt er. Es ist zu kalt. Dort kann man im Winter mit Hundeschlitten über die gefrorenen Flüsse, die Seen fahren, erzählt er weiter. In Pelzdecken eingewickelt übers Eis, sagt er. Und lehnt sich zurück. Mit dem Blick zu den Sternen hinauf, die er nicht sieht. Der Schnee, den es einem im Gegenwind Hand- um Handvoll ins Gesicht weht, schlägt ein wie grober Sand, sagt er. Und fühlt, was er sagt. Ja? fragt Sophie. Dort kommen im Winter die Bären in die Städte hinein und wollen gefüttert werden, sagt Robert, und wenn man kein Futter dabeihat … Und auch wenn man Futter hat, und es ist nicht genug … Was dann? will Sophie wissen. Und, wie Robert keine Antwort gibt: Ist das auch wirklich wahr? fragt sie; staunend, wie ihre Kinder fragen, wenn sie einer Enttäuschung vorbeugen, sich lieber nicht zu früh freuen wollen auf etwas, das dann doch nicht eintrifft. Oder auch nicht zu früh sich fürchten müssen. Weiss nicht, ob es wirklich wahr ist, sagt Robert, nachdem er die Sache bedacht hat. Aber warum soll es nicht so sein?

So habe ich es mir gewünscht, als ich im Sommer dort war: den Schnee, den Hundeschlitten, den Wind, das Eis, die Bären … Immer wieder habe ich mir gesagt, dass ich einmal im Winter nach Sibirien möchte. Jeden Tag weiter in den Schnee, in die Nacht hinein. Mit dem Hundeschlitten oder noch besser mit einer Schneeraupe, falls es das dort gibt. Wo man da wohl hinkäme? sagt Sophie vor sich hin. Bis wo es nicht mehr weitergeht, sagt Robert. Weil die Hunde nicht mehr weiter wollen? fragt Sophie. Oder weil einem ein Verhau von toten Bäumen den Weg versperrt, sagt Robert. Und dann, fragt Sophie? Trinkt man einen Wodka, sagt Robert und streckt dem Kellner sein leeres Glas hin. Nach dem dritten Glas ist es einem egal, wo man ist, und ob man da je wieder wegkommt, sagt er. Und dann noch: Die Gläser sind dort allerdings grösser … Und der Schnaps ist auch billiger, was bei dem Elend dort doch einiges ausmacht. Möchtest du einen Schluck? fragt er und hält Sophie sein Glas hin. Und dann, wie Sophie das Gesicht verzieht: Wodka ist ein Schnaps vom reinsten Wasser, sagt er und trinkt. Sagt man das nicht von Diamanten? fragt Sophie. Was immer man mit diesem reinsten Wasser meint … Die kann man nicht trinken, sagt Robert. Die sind mir egal. Und dann, nachdem er ein weiteres Glas geleert hat: Riechst du etwas? fragt er und bläst Sophie eine unsichtbare Wolke ins Gesicht. Nicht wahr, es riecht nach nichts. Das reinste Wasser. Sophie weicht aus. Wundert sich. Darüber, dass ihr der sonst beinahe immer gesittete Mann mit einem Mal so nah auf den Leib rückt zunächst. Aber dann, was für sie die eigentliche Entdeckung des Abends ist: So habe ich Sie noch nie erlebt, sagt sie. So gesprächig, sagt sie. Und meint eigentlich etwas anderes. So etwas wie normal. Und dann: Das liegt wohl am Wodka, sagt sie. Nicht zu ihm, der weit weg ist. Sondern zu sich selbst.

Nein, sagt Robert, wie er sich wieder im Griff hat. Das liegt nicht am Wodka. Oder doch? Nun, wie immer … Und dann, nach einer Pause: Mir ist wohl, sagt er und beweist das damit, dass er in seinem Wohlsein geradezu zu strahlen anfängt. So, dass es um ihn herum heller und heller wird. Scheinbar. Aber was will man mehr, wo es auf den kürzesten Tag zugeht. Wo einem jeder Lichtblick recht ist. Ob er wirklich ist oder nur geträumt. Auch Sophie nimmt Teil an diesem Wunder. Nimmt Teil daran, indem sie fühlt, dass ihr ein Licht aufgeht, das ihr sagt, worum es hier geht. Ich bin sicher, dass Ihre Schwester noch lebt, sagt sie im Schein dieses Lichts; in einer Gewissheit, die in nichts anderem gründet, als in dem dringenden Verlangen, dass es so sei. Erreicht aber mit ihrem ungestümen Willen zum Glück nichts anderes, als dass sie das Wohlsein zerstört. Das Licht flackert noch einmal auf. Erlischt. Robert will etwas sagen. Verstummt. Man hat mir gesagt, sie sei gestorben, sagt er, wie er schliesslich die Sprache wiederfindet. Damals war ich neun. Wie meine Zwillinge, sagt Sophie. Sind das die Kinder, die im Buchladen waren? fragt Robert mehr aus Höflichkeit als aus Interesse. Was sollen ihm Kinder, die jetzt Kinder sind; die noch nicht daran leiden müssen, dass ihre Kindheit, obwohl zwar ewig, doch auch vorbei ist. Dass sie immer weiter flussabwärts treiben, sagt er zu sich selber. Der Mündung zu. Und dann zu Sophie, die nicht weiss, woran sie ist. Mit sich selber, mit ihm: Ich glaubte es nicht, dass sie gestorben war. Das geschah nur alten Leuten. Sie war doch erst dreizehn. Da ist sie drin, sagte man mir und zeigte mir den weissen Sarg. Aufmachen! sagte ich. Sie lebt. Der Sarg blieb zu. Als ich am offenen Grab stand, sprang ich hinab, wollte … wollte irgendetwas, das ich nicht zustande brachte. Und dann … Ich weiss nicht, was dann war, sagt er. Versucht sich zu besinnen. Ja? sagt Sophie schliesslich. Wollen Sie das wirklich wissen? fragt er erstaunt. Und erzählt dann weiter, als ob er von einem fast gleichgültigen Vorfall berichte: Als ich erwachte, war es Tag. Ich musste nicht zur Schule gehen. Das war mir sehr recht, denn ich musste doch meine Schwester suchen, erinnert er sich. Muss sie immer noch suchen. Falls sie doch noch lebt. Ich bin nicht Ihre Schwester, unterbricht ihn Sophie. Ich weiss, sagt Robert. Und doch scheint mir, ich hätte gefunden, was ich suche. Ich weiss, dass Sie nicht meine Schwester sind, sagt er. Ich will gar nicht, dass Sie meine Schwester sind. Sondern ich will … sagt er. Sagt nichts mehr. Schaut Sophie nicht an. Schaut durch sie hindurch. Schaut durch alles, was im Weg steht, hindurch zu dem Jungen, der neun, zu dem Mädchen, das dreizehn war. Ist wieder der Junge, der weiss, dass man seine Schwester lebendig begraben hat, und er kann ihr nicht helfen. Kann nichts tun. Sophie will etwas sagen. Er schaut sie nicht an. Schaut auch nicht auf, als sie sagt, was sie sagen wollte. Was sie nicht sagen will: Ich muss gehen, sagt sie. Die Kinder … Bitte, sagt Robert und steht auf. Ich will Sie nicht aufhalten, sagt er, legt auf die Theke, was er schuldet und für Sophie auch und ist schon weg, wie sie immer noch damit beschäftigt ist, ihre Mütze aufzusetzen, ihren Schal umzubinden. Seine Spuren gehen nach links. Sie geht nach rechts.

Wie Sophie nachhause kommt, stehen die Kinder im Pyjama vor der Karte der USA, die sie in der Küche an die Wand genagelt haben. Alex fährt mit dem Finger der Ostküste entlang aufwärts bis nach Boston. Und dann, suchend, findend, nach links mehr und mehr abwärts bis zu den Fingerlakes. Dort hält er an. Alice hält ihren Finger auf Chicago. Das ist ziemlich weit, sagt sie. Was soll das? fragt Sophie. Jeff hat uns eine Mail geschickt, sagt Alice. Er ist umgezogen, wirft Alex ein. Er wohnt jetzt in Ithaca. Er hat eine neue Frau. Wo ist Ithaca? fragt Sophie. An einem der Fingerlakes, sagt Alice. Warum Fingerlakes? fragt Sophie. Jeff sagt, dass der Gott der Mohawks dort seine fünf Finger in die Erde gedrückt hat, und dass sich dann die Vertiefungen mit Wasser gefüllt haben. Das sind die Fingerlakes. Marsch ins Bett, sagt Sophie, die allein sein will, um den neuen Stand der Dinge zu klären. Ob das eher gut ist oder eher schlimm. Damit meint Sophie Jeffs neue Frau im Hinblick auf das, was sich zwischen ihr und Robert anspinnt. Kein Thema für die Kinder. Jeff hat uns eingeladen für die Weihnachtsferien, sagt Alex. Die neue Frau heisst Jennifer, sagt Alice. Sie lässt uns grüssen. Schluss jetzt, ins Bett, sagt Sophie. Dürfen wir gehen? fragt Alex. Ich meine zu Jeff? Kein Geld, sagt Sophie. Jeff zahlt uns die Reise, sagt Alice. Mal sehen, sagt Sophie. Wir gehen ohnehin, sagt Alex, wie sie aus der Küche heraus sind. Klar, sagt Alice. Warum nicht, sagt Sophie vor sich hin, wie sie die Kinder endlich los hat. Vielleicht bin ich in nächster Zeit ganz gern für eine Weile allein.

Am nächsten Abend sitzt Sophie, wie das schon beinahe zur Gewohnheit geworden ist, wieder mit Robert in der Bar.

Ich möchte Sie fragen, ob Sie mit mir nach Sibirien fahren wollen? fragt Robert. Er hat heute noch nichts getrunken. Sondern überlegt. Beinahe ein Heiratsantrag, denkt Sophie. Warum nach Sibirien? will sie wissen. Warum nicht, sagt er da. Wo Sie doch schon einmal dort waren? Noch nie mit Ihnen, sagt er. Und dann, wie einer, der in der Mitte der Geschichte anfängt, und den Anfang hat er längst vergessen: Ich habe dort Kinder gesehen, die barfuss bis zu den Knöcheln im Dreck zwischen den Fischerhütten herumrannten. Ihre Hemden waren nicht weiss, nicht grau, nicht lila. Wie die Wäsche, die dem Regen zum Trotz an der von einem Haus zum andern gespannten Leine hing und nässer und nässer wurde. Das war in Ochotsk, sagt Robert. Sie waren also wirklich dort? fragt Sophie. Warum nicht, sagt Robert und lacht. *Ist das dort, wo der Fluss, in seinem Bett gewendet von der Flut, flussaufwärts drängt? Sehr langsam, bis er dann schliesslich stillsteht, umkippt und mit der Ebbe in seinem natürlichen Lauf ins Meer fliesst*? fragt Sophie. Wo haben Sie das her? fragt Robert. In diesen Worten? Aus einem Buch, sagt Sophie. Es steht dort auch, dass die Kinder, die barfuss bis zu den Knöcheln im Dreck zwischen den Fischerhütten herumliefen, machten, was sie wollten. Dass sie Feuer anzündeten, ihre Hunde plagten, einander faule Heringe an den Kopf warfen, fährt Sophie weiter. Und dass niemand da war, der sie zurechtwies. Robert lacht. Das steht nicht dort, sagt er. Das ist von Ihnen, sagt er. Und erinnert sich: Einmal sah ich dort einen Jungen, der eine Ratte fing, indem er sie in eine Schachtel hinein jagte, erzählt er Sophie. Die nicht weiss, was sie glauben soll und was nicht. Und dann verschnürte er die Schachtel, sehr sorgfältig, fährt Robert weiter. Warf sie ins Wasser, warf sie in den Fluss. Wo sie, bald nur noch ein heller Fleck, flussaufwärts trieb. Denn es war nach wie vor Flut. Und es gab da auch ein paar Robben, die, bis zum Hals im Wasser, dem Spiel zuschauten, fällt Robert auch noch ein. Und dass das für die kein Spiel war, sondern tierischer Ernst. Ich war auch einmal einer mit einer Ratte, sagt Robert dann. Anderswo. In einer anderen Zeit. Aber ich habe sie nicht ersäuft, als ich sie endlich gefangen hatte, sondern mit nachhause genommen. Sie sind Mischa Perm, stellt Sophie fest. Der ist tot, sagt Robert. Und dann: Kommen Sie mit? Will ich mit? Will ich wirklich mit ihm nach Sibirien? fragt sich Sophie. Ob ich mitwill? fragt sie Robert, der, wie sie zu wissen glaubt, Mischa Perm ist. Komm mit! sagt Robert. Sophie kommt mit. In Roberts Wohnung zunächst.

Wo sie nur so lange bleibt? fragt sich der Chef und Onkel, wie Sophie am Morgen nicht zur Arbeit erscheint. Krank oder Kinder krank, sagt er sich. Oder … Es fällt ihm jetzt der ein, der Sophie immer wieder in der Buchhandlung besucht und nichts kauft. Der im Regenmantel. Ist sie zu lange ausgeblieben mit dem Kerl? fragt er sich. Hat sie mit ihm geschlafen … sich verschlafen … Liegt immer noch im Bett, und die Kinder haben sich aus der Wohnung geschlichen. Oder sie war bei ihm. Wie ihr wohl zu Mute war, als sie dann aufwachte? Und er war da … Oder auch bereits verschwunden; heimlich, die Schuhe in der Hand. Und sie, beim Aufwachen … Manchmal weiss man nachher nicht, was das war, was einen da gepackt hat. Ob man entgleist ist, wie man das früher so schön nannte. Und jetzt sagt man statt entgleisen seinen Weg finden und sein Leben leben. Was immer man sagt und meint doch immer dasselbe. Mir ist, als müsste ich ihn kennen, ihren Verehrer, sagt sich der Chef und Onkel. Sein Gesicht, und wie er die Haare aus der Stirn streicht. Irgendetwas erinnert mich … Wenn ich nur wüsste was? Und an wen? Und da kommt sie auch schon, sagt er. Mit ihm. Er kommt mit hinein. Um nichts zu kaufen, wie immer. Dem gehe ich lieber aus dem Weg, sagt er. Vor allem ihr, das ist ja peinlich. Nur keine Geschichten. Bloss nicht, sagt er. Geht durch die Hintertür in seine Wohnung. Macht es sich bequem. Liest weiter im Buch *Unterwegs nach Ochotsk*. Es ist dort die Rede von einem Vogel, der tot im Schnee liegt; den weissen Bauch nach oben, und mit dem Schnabel sticht er in die leere Luft. Das gefällt ihm. So ist tot sein, sagt er vor sich hin. Das hätte Olga auch gefallen. Ob sie wohl noch lebt? Olga, sagt er vor sich hin. Warum nur habe ich sie gehen lassen. Und Sophie, wie sie bemerkt, dass sie mit Robert allein ist: Da ist dein Buch, sagt sie und will ihm *Unterwegs nach Ochotsk* in die Hand geben. Nein danke, sagt er, der, wie Sophie es sich nie mehr wird ausreden lassen, Mischa Perm ist. So oder so. Der sagt jetzt: Ein Buch gehört dem, der es kauft. Aber warum sollte ich es kaufen? Wo ich ja selber in Ochotsk war, sagt er. Dort ist es nicht wie in einem Buch. Ganz im Gegenteil. Was soll das heissen? will Sophie wissen. Weiss nicht, sagt der, der Robert ist und bleibt, so weit es auf ihn ankommt. Auf dem Weg dorthin gab es dieses und jenes, von dem vielleicht irgendjemand gern lesen möchte. Die Tiere, die Blumen zum Beispiel. Schwarze Lilien gibt es dort. Mit Schachbrettmuster. Man möchte glauben, dass sie ihre Schwärze aus der

Vulkanerde ziehen, die über die Flanken der steilen Berge in die Täler gerutscht ist. Das ist nicht so. Aber es sieht so aus. In der Nähe von Ochotsk gibt es einen unterirdischen See, erinnert sich Robert. Und ist auch schon dort. Leibhaftig beinahe, wie er nun den See beschreibt: Zugedeckt von einer dünnen gelben Kruste, unter der das Wasser brodelt. Den See sieht man nirgends. Aus Ritzen und Löchern steigt heisser Dampf auf. Ein schlimmes Klima. Und doch wachsen dort kleine, runde Büschel von rosaroten Nelken, sagt Robert. Das ist nicht zu glauben, sagt er. Aber es ist wahr.

Auch die Kinder haben ihr Sibirien. Ihr Ochotsk heisst Ithaca und liegt im Staat New York. Nahe an der kanadischen Grenze, hat ihnen ihr Vater geschrieben, wo Baum an Baum die schönen rotgrünen Äpfel wachsen, die wir in Chicago auf dem Farmers Market gekauft haben. Es ist dort im Winter sehr kalt. Wenn die Heizung kaputt ist, muss man im Kamin ein Feuer machen. Als letzte Woche das Wasser gefror, und Strom war auch keiner da, konnten wir uns nicht waschen, wir konnten nicht kochen, und zu trinken gab es nur Bier und Coca Cola, hat Jeff seinen Kindern berichtet. Und dass die Autos in der Garage eingesperrt waren, die sich nur elektrisch öffnen liess. So blieben sie halt drin. Und das führte dazu, dass es nur noch Sardinen zu essen gab; aus Büchsen, die man ans Feuer schieben musste, um das Öl flüssig zu machen, ergänzt Alice die Liste der Übel. Ihr sind die Zustände dort nicht geheuer, während Alex sich nichts Besseres wünschen möchte: Schade, dass wir da nicht dabei waren, unterbricht er die Schwester. Wir hätten Vögel gefangen und am Spiess gebraten. Singvögel?

fragt Alice. Das darf man nicht. Vielleicht dazu ein paar Frösche aus dem Teich gleich neben dem Haus. Riesig sollen die sein, sagt Alex unbeirrt. Die Schenkel so gross wie Hühnerbeine. Aber nein, im Winter ist der Teich gefroren. Wollen wir nicht lieber im Sommer hingehen? schlägt Alice vor. Und sagt dann: Ich habe geglaubt, Ithaca sei eine Insel. Da kommt Odysseus her, sagt Alex. Das steht im grünen Buch, aus dem Sophie uns manchmal vorliest. Wo auch die Vögel mit den Frauenköpfen vorkommen und der Riese, der nur ein Auge hat. Das sind Märchen, sagt Alice. Ithaca gibt es aber wirklich, sagt Alex. Es liegt irgendwo im Mittelmeer. Das ist das richtige. Woher weisst du, welches das richtige ist? fragt Alice. Ich meine das aus dem grünen Buch, sagt Alex. Ich meine das von Jeff, sagt Alice. Warum das wohl so heisst, wo es gar keine Insel ist? wundert sie sich. Ich frage Jeff, sagt Alex. Ob der das weiss? fragt Alice. Der liest doch keine Bücher, sagt sie. Und dann noch: Was überhaupt macht Jeff in Ithaca? Das gleiche wie in Chicago, sagt Alex. Du meinst, er macht nichts, und manchmal geht er fischen? antwortet ihm Alice. Irgendetwas am Computer macht er, sagt Alex. Aber das ist mir egal. Wenn er mich nur mitnimmt nach Alaska. Hat er dir das versprochen? fragt Alice. Nein, aber er hat immer wieder davon geredet. Dass er dort hinwill, um Lachse zu fangen. Zuerst müssen wir nach Ithaca, sagt Alice. Zur Stiefmutter. Mit der Stimme der Vernunft sagt sie das, die den Mädchen, wie man sagt, früher kommt als den Buben. Von der will Alex nichts wissen. Er will fernsehen. Der Apparat ist kaputt. Wenn Sophie nicht weggelaufen wäre, wären wir in Ithaca und müssten nicht erst hinfliegen, sagt er. Dann gäbe es auch keine

Jennifer, sagt Alice. Hatte Jeff die nicht schon in Chicago? fällt Alex da ein. Möglich, sagt Alice. Und: Bist du sicher, dass du nach Ithaca willst? Jetzt im Winter, und vielleicht ist dann die Heizung wieder kaputt und die elektrischen Leitungen sind gerissen unter dem vielen Schnee und das Wasser ist eingefroren und Licht gibt es auch nicht?

Otto macht seine Sibirienreise vorerst als Trockenübung. Von seinem Grossvater hat er einen Globus geerbt, der so gross ist, dass er ihn nur knapp umarmen kann. Auf dem landet er mit seinem Zeigefinger zuerst in Tokio. Von dort geht es weiter nach Sapporo. Auch das findet er gleich. Im Flug. Aber dann wird es schwierig. Mit dem Bus ans Meer und von dort aufs Schiff: Das bleibt im Ungefähren. Den Namen des Ortes, von dem aus die grosse Insel Sachalin angesteuert werden soll, kann er nicht lesen. Wie immer der heisst: Dort wird er seinen Dienst antreten, den bisherigen Schiffsarzt ablösen, seine Uniform bekommen und seine Kabine beziehen. Das geht von selbst. An die breiten goldenen Streifen an seinen Ärmeln wird er sich gewöhnen müssen. Auch daran, dass man ihm gehorcht, wenn er befiehlt. Am nächsten Morgen wird das Schiff gemäss Bericht seines Vorgängers Korsakow, den ersten russischen Hafen, erreichen. Damit fängt für Otto das Neuland an. Was dazu zu lesen steht, ist unerhört. *Das Schiff liegt am Pier*, heisst es im Bericht. *Ein Schiff aus Japan hat halbe Autos ausgeladen. Von einer Ausnahme abgesehen nur die vorderen Hälften: Der Verzicht auf die Mobilität der Vehikel hat Sinn und Zweck, denn es geht hier um Ersatzteile. Die Halbierung der ohnehin abbruchreifen Toyotas zahlt sich aus in einer Ersparnis an*

Zoll. Und dann, und von nun an haben Sinn und Zweck als Mass der Dinge ausgedient: Auf dem Boden liegen zertretene Fische und Seesterne; angeschwemmt von der letzten Flut, liegengeblieben, an der Sonne getrocknet. Die Hunde gehen achtlos über das nun geruchlose Strandgut hinweg. Gehen hin und her; im Dienst der Polizisten, die vor dem noch geschlossenen Eingang des Schiffs hin- und hergehen. Der Nutzen der Baracken, die im Hintergrund stehen, ist einem unwissenden Blick nicht ersichtlich. Anstelle von Wänden, Türen, Dächern nimmt er grosse, verschieden gefärbte Rechtecke wahr. Diese, jene Farbe; schwarz, grau und dann vor allem, in verschiedenen Abstufungen, blau und blau und noch einmal blau …
Hier bricht der Bericht des Vorgängers ab. Setzt unter dem Datum des nächsten Tages wieder ein mit der Bemerkung, dass der Kollege Tschechow seinerzeit beim ersten Betreten der Insel Sachalin von einem Mückenschwarm empfangen worden sei, der ihm die Sicht genommen und ihn beinahe verrückt gemacht habe.

Otto wird in seiner Lektüre unterbrochen, zuerst durch einen Lärm im Vorzimmer und dann durch die Sprechstundenhilfe, die ihm meldet, dass sich eine Verrückte eigenmächtig als Notfall eingeliefert habe. Er erhebt sich und geht, um sie wenn möglich abzuwenden, der Störung entgegen. Die drängt sich aber ungebremst als eine Frau in Aufruhr an der Frau in Weiss vorbei ins Sprechzimmer und setzt sich. Nicht wo sie soll, sondern auf Ottos Stuhl, der sich aber mit bewährter Taktik sogleich wieder ins Recht setzt und die Patientin zum Fenster dirigiert. Damit er besser sehen kann, was mit ihr ist. Sie bluten, stellt er fest. Sie greift sich an die Nase, an die Stirn. Das linke Auge ist halb geschlossen. Was ist geschehen? fragt er. Sie sagt: Kaputt. Ja, das sehe ich, sagt er und fängt an, ihr Gesicht zu reinigen. Kleine Kiesel haften an der geschundenen Haut. An der Stirn wächst ein Horn. So bringt man die Kinder zu ihm, wenn sie beim Spielen auf die Nase gefallen sind. Es ist seinetwegen, sagt sie schliesslich. Hat er Sie gestossen? will er wissen. Mit dem Blick, sagt sie. Er hat mich angeschaut und dann gleich wieder weg. Da habe ich das Gleichgewicht verloren … Da kann er aber nichts dafür, sagt Otto und tastet die Stirn ab. Tut das weh? fragt er. Das interessiert die Patientin nicht. Doch, er ist schuld, sagt sie. Er hätte mich festhalten sollen. Mit dem Blick? fragt Otto. Mit den Armen, sagt sie. Es war da eine Pfütze, sagt sie und schaut an sich hinab auf ihren schmutzigen Rock; so gut es geht, während der Arzt ihr eine kalte Kompresse an die Stirn drückt. Worauf Otto sie anweist, die Kompresse selber festzuhalten, und dann fragt: Kennen Sie den Mann? Er ist mein Nachbar, sagt sie. Hat er gesehen, dass Sie gestürzt sind? will Otto wissen. Er ist der anderen nachgegangen, sagt sie. Für mich hat er keine Zeit. Aha, ein Liebesdrama, denkt Otto und fragt die Patientin, ob sie wisse, wer die andere sei? Die vom Buchladen, sagt die Patientin. Dort geht er immer hin. Der auch, stöhnt Otto. Lautlos. Und lässt von der Verletzung ab, die sich, unschön, wie sie ist, doch als harmlos erweist. Hingegen hält er es für seine Pflicht, die Patientin auf ihre Zurechnungsfähigkeit hin zu prüfen. Wozu lässt sich ein halbes Auto gebrauchen? fragt er sie. Was er noch nie jemanden gefragt hat. Welche Hälfte? will sie wissen. Die vordere, sagt er. Und sie: Als Schubkarren.

Und die hintere? fragt er weiter. Als Gartenhaus, sagt sie. Aber nur, wenn die Polster noch gut sind. Das alles entbehrt nicht der Vernunft. Zu Denken gibt eher die Tatsache Anlass, dass sie die Fragen hinnimmt, als gehörten halbierte Autos zu ihrem Alltag. Waren Sie schon in Korsakow? fragt er, was vernünftig ist und nicht. Sie lachen mich aus, sagt sie und beginnt zu weinen. Rufen Sie ein Taxi, sagt er zur Hilfe, die auf sein Läuten hin hereinkommt. Ins Spital, sagt Otto. Damit sie nicht allein ist. Zwecks Beobachtung, sagt er noch, wie die Hilfe zögert. Zur Beobachtung? schreit die Patientin. Da war ich schon einmal. Nein, sagt sie. Nein.

Wie Otto mit seiner Arbeit fertig ist, geht er in die Buchhandlung. Was er dort will, ist ihm klar. Wie ihm auch klar ist, dass er dazu kein Recht hat. Für Sophie darf sich interessieren wer will. Und wenn es der Nachbar einer Verrückten ist. Oder sogar einer, der auf eigene Rechnung verrückt ist, sagt er sich, wie er den im Regenmantel ebenfalls auf die Buchhandlung zusteuern sieht. Kaum ist er über die Schwelle, drängt der andere nach. Tritt aber vorerst zur Seite, während Otto gleich nach einem Buch über … Das hat er sich nicht überlegt, nach was er fragen soll. Er will auch gar kein Buch, sondern nur fragen, ob … Bitte, sagt er zu dem im Regenmantel, der, wie er jetzt gleich erfährt, Robert heisst: Robert, endlich! sagt Sophie, nimmt ihm den Regenmantel ab, bringt einen Stuhl. Will sagen Mischa, sagt sie: Willst du einen Kaffee? fragt sie, während Otto den Gestellen entlanggeht, um ein Buch zu finden, das er wollen könnte. Er will kein Buch. Robert alias Mischa oder umgekehrt … Mischa ist tot, sagt Robert zu Sophie. Mein Name ist Robert. Robert also will keinen Kaffee, sondern einen Wodka. Den bekommt er. Der wird nicht mehr lang leben, wenn er so weitermacht, denkt Otto, der Arzt, und erinnert sich an Roberts Wodkakonsum in der Bar. Was ist mit dir? fragt Sophie ihren Besuch, während Otto, der mutmassliche Kunde, umsonst auf Betreuung wartet. Die Nachbarin, sagt er. Sie ist mir vor die Füsse gefallen, in den Dreck. Und du? fragt Sophie. Robert zuckt mit den Achseln. Schiebt die Haare aus der Stirn. Was hätte ich tun sollen? fragt er dann doch noch. Nicht wie einer, der eine Antwort will. Bist du vom Mond gefallen? fragt Sophie. Der war's also, sagt Otto zu sich selber. Und dann, hörbar: *Wer bei Unglücksfällen oder gemeiner Not nicht Hilfe leistet, obwohl dies erforderlich und ihm den Umständen nach zuzumuten ist …* Sie reden wie ein Buch, unterbricht ihn Robert und schaut durch den hindurch, der ihm so kommt. Richtig. Das Strafgesetzbuch redet so, sagt Otto und fährt fort: *… der wird mit Freiheitsstrafe bis zu einem Jahr oder mit einer Geldbusse bestraft.* Robert steht auf, geht zum Tisch hinüber, nimmt ein Buch in die Hand und legt es wieder weg. Nicht dorthin, wo es vorher war. Der Laden wird heute früher geschlossen, sagt Sophie zu Otto. Kommen Sie morgen wieder. Wo Sie ja ohnehin nicht wissen, was Sie wollen, sagt sie noch, wie Otto bleibt, wo er ist. Der weiss zwar genau, was er will, solange es nicht ein Buch sein soll. Da es aber nun einmal ein Buch sein muss: Geben Sie mir das Märchen von der ertrunkenen Sonne, sagt er und weiss nicht, wie er dazu kommt, sich an dieses Kinderbuch zu erinnern. Es war einmal ein Kind, das schaute eines Abends aufs Meer hinaus der Sonne nach, die rot am Horizont versank, sagt da Robert, ohne sich umzudrehen. Und dann, indem er jetzt Otto geradewegs ins Gesicht blickt: Fängt es so an? Irgendwie so, sagt Otto und staunt. Hilf mir, ich ertrinke! rief die Sonne zum Kind hinüber, fährt Robert weiter. Ich habe keine Zeit, sagte das Kind. Ich muss nachhause. Wenn ich zu spät bin, bekomme ich kein Nachtessen, sagte es. Und liess die Sonne im Stich. Die Sonne ging unter. Wie sie es jeden Abend tat. Am nächsten Morgen kam sie wieder. Wie jeden Tag. Als aber die Sonne durch den Fliederbusch hindurch ins Zimmer schien, sah das Kind, dass es nicht die richtige war. Die richtige war ertrunken. Von jenem Tag an war die Sonne nicht mehr die Sonne, obwohl da nach wie vor eine Sonne am Himmel stand. Die Welt war kalt, trüb … Das ist nicht aus einem Buch, sagt Sophie. Als ob sie alle Bücher auf der Welt gelesen hätte, sagt sie das. Das ist von mir, sagt Robert. Ob Robert wirklich verrückt oder vielleicht doch eher ein Dichter ist? fragt sich Otto. Haben Sie sich das gerade jetzt ausgedacht? fragt er. Nicht ausgedacht, sagt Robert. Ich war das Kind. Wenn ich damals der Sonne geholfen hätte, wäre ich jetzt nicht hier.

Warum hast du ihr nicht geholfen? fragt Sophie, wie sie später am Abend mit Robert allein ist. Beim Wein, beim Wodka. In der Bar. Der Sonne? fragt Robert. Wie soll ein Kind der Sonne helfen? Klein, hilflos wie es ist. Und die Sonne so gross. So heiss. Sophie staunt. Glaubst du wirklich … sagt sie. Traut sich nicht weiter. Ich glaube nicht, sagt Robert. Ich glaube nichts, sagt er. Ich weiss. Was weisst du? will Sophie wissen. Sie muss wissen, ob er bei Trost ist. Gleich jetzt; wie soll sie sonst … Ich meine die Nachbarin, sagt sie dann aber. Warum du ihr nicht geholfen hast, will ich wissen. Bitte, sag mir das. Wie soll ich sonst … Ja, was denn? fragt sie sich. Was will ich denn von ihm? Ihn heiraten, den Kindern einen neuen Vater geben, wie man das nennt, wenn man irgendeinen aufgabelt und sich einreden möchte, dass das jetzt der Wahre sei … das Wahre … Mein Gott, stöhnt sie vor sich hin und weiss nicht, wie sie zum Beten kommt. Wo sie doch … Weiss nicht, sagt Robert. Ich wollte ja gern. Ihr helfen. Irgendjemandem helfen. Und mir selbst … Aber? unterbricht ihn Sophie. Ich kann nicht wollen, sagt Robert. Es ist da etwas verschüttet. Ich bin ausgesperrt. Das gibt's nicht! sagt Sophie. Und dann, nach einer Pause: Hast du nicht gesagt, dass du mit mir nach Sibirien reisen willst? Das ist etwas anderes, sagt Robert. Nach Sibirien reisen ist nicht etwas, das man wollen muss, sagt er. Oder auch nur wollen kann. Warum denn nicht? will Sophie wissen. Weil es einen dorthin zieht, sagt er. Da ist so ein Sog. Was für ein Sog? fragt Sophie. Nun, ein Sog, sagt Robert. Immer tiefer hinein, bis es nicht mehr weitergeht. Und dann? fragt Sophie? Weiss nicht, sagt Robert. Das ist der Sog … Wenn es nicht mehr weitergeht, dreht er einen im Kreis herum. Bis man nicht mehr weiss, wo es mit einem hinwill. Und muss doch weiter. Ob man will oder nicht. Ich weiss nicht, ob ich da mitmöchte, sagt Sophie und fragt sich, was Robert tun würde, wenn sie irgendwo im Menschenleeren einen Unfall hätte; wenn sie über einen gefrorenen Fluss ginge, einbrechen, unters Eis geraten, das Loch nicht mehr finden würde. Und dann müsste sie ersticken, ertrinken; würde nie mehr zum Vorschein kommen … Oder vielleicht doch, im Sommer dann; irgendwo im

Polarmeer. Vielleicht möchte ich doch lieber nicht mitkommen, sagt Sophie. Vor allem nicht im Winter. Wie du willst, sagt Robert. Wenn du lieber nicht willst, bleibst du besser, wo du bist, sagt er und bleibt sitzen, wie Sophie aufsteht und geht.

Zuhause findet sie die Kinder hellwach. Sie stehen auf einer Bank, auf den Zehen und suchen auf der Karte den oberen Rand der USA nach Alaska ab. Denn Alaska gehört zu den USA, hat ihnen Jeff gesagt. Es muss ganz oben sein, im Norden, haben sie sich gedacht, als sie die Bank zur Karte schleppten, damit sie hinaufreichten bis dorthin, wo Alaska sein musste. Da war aber nichts als Kanada. Zwischen Kanada und den USA war eine Grenze, mit dem Lineal gezogen, und dann ein paar Seen, ein paar Krümmungen bis zum Atlantik. Wo Alaska, wie sie wussten, nicht war. Bist du sicher, dass Alaska zu den USA gehört? fragt Alice schliesslich. Jeff sagt, es sei so, sagt Alex, der an seinen Vater glauben will. Vielleicht ist die Karte veraltet. Bist du sicher, dass es Alaska gibt? fragt Alice. Dass Jeff es nicht erfunden hat. Zum Spass. Da kommt die Mutter, fragt, was das soll, dass die Kinder noch auf sind. Im Pyjama und barfuss auf der Bank, die nicht hierher gehört, sondern in den Vorraum. Ach so, sagt sie, wie Alice ihr erklärt hat, was das Problem ist und hebt Alex in die Höhe. Da ganz oben links. Wenn du da über die Karte hinausgehst, nicht sehr weit, bist du am äussersten Zipfel von Alaska. Ich habe geglaubt, es gehöre zu den USA, sagt Alex. Es gehört zu den USA, sagt ihm seine Mutter. Hängt aber nicht an ihnen dran. Wie Hawaii. Alex weiss nicht, ob er das glauben soll. Warum ist es nicht auf der Karte? fragt er seine Mutter. Warum haben die nicht ein grösseres Papier genommen? Warum … Du bist mir zu schwer, sagt Sophie und stellt ihren Sohn auf den Boden. Ich auch! schreit Alice, die mit eigenen Augen sehen will, wo Alaska nicht ist. Später, sagt die Mutter. Es nützt nichts, wenn sie dich hochhebt, sagt Alex. Man kann Alaska nicht sehen. Nur wissen, dass es irgendwo ist.

THERES SITZT AUF DER TREPPE vor ihrer Wohnungstür. Somit auch vor Roberts Wohnungstür. Keine Ahnung, ob er zuhause ist. Sie hat keinen Versuch unternommen, sich bemerkbar zu machen. Es ist kalt. Die kaputte Scheibe ist immer noch kaputt. Zudem ist unten zum Hof die Tür offen. Sie hört, dass einer die Treppe hinaufsteigt. Es eilt ihm nicht. Oder er kann nicht schneller. Er trägt einen Regenmantel. Er hat nasse Haare. Es ist Robert. Er zieht den Schlüssel aus der Tasche und steckt ihn ins Schlüsselloch. Er schaut sie nicht an. Ich kann nicht hinein, sagt Theres. Haben Sie keinen Schlüssel? fragt Robert. Der ist in der Handtasche, sagt Theres. Und wo ist die? fragt Robert. Im Taxi, sagt Theres. Warum das? fragt Robert. Ich bin ausgestiegen, sagt Theres. Als das Taxi vor einer Ampel anhielt. Wo wollten Sie denn hin? fragt Robert. Der Arzt wollte mich zur Beobachtung in die Klinik schicken, sagt sie. Da wollte ich nicht hin. Sind Sie krank? fragt Robert. Theres schaut ihn an, damit er selber sehe. Das ist nichts, die paar Kratzer, sagt der. Und sie: Der Arzt glaubt, dass ich nicht bei Trost bin. Wer ist das schon, sagt Robert und denkt, dass Sophie einer der wenigen Menschen ist, denen man so etwas wie Vernunft zugestehen könnte. Ihretwegen bemüht er sich jetzt, wo er so viel lieber Theres sitzen lassen und seine Ruhe haben möchte. Was soll er nur mit der verwirrten Frau anfangen? Wo soll ich hin mit mir? fragt Theres auch schon. Das ist eine Frage, die sich jeder und jede stellen muss, sagt Robert. Ich meine jetzt, sagt Theres. Robert besinnt sich auf das praktische Problem und sagt: Zur Polizei. Die können Ihnen die Tür aufmachen. Oder Sie doch noch zur Beobachtung schicken. Nein, sagt sie. Sie können doch nicht hier sitzen bleiben, sagt Robert. Ich muss, sagt sie. Wo sonst soll ich hin? sagt sie ihm. Ihm, der genau weiss, dass sie weiss, wo sie hinwill, bleibt abgesehen von einer seine Entschlusskraft übersteigenden Rohheit nichts anderes übrig, als sie in seine Wohnung einzuladen. Bitte! sagt er und öffnet die Tür. Führt sie in seine Wohnung. Setzen Sie sich, sagt er. Möchten Sie etwas zu trinken? Etwas zu essen? Ich weiss nicht, sagt sie. Er, immer noch im Mantel: Ich geh einkaufen, nur um die Ecke, sagt er ihr, geht hinaus, macht die Wohnungstür hinter sich zu und weiss jetzt seinerseits nicht, wo er hinsoll. Zu Sophie? Die hat die Kinder. Und im Übrigen weiss er nicht, ob … Ist er fast sicher, dass sie ihn nicht mehr will. Zur Polizei, damit die tut, was er nicht kann? Nämlich der Frau Zugang in ihre Wohnung verschaffen, die Handtasche suchen, beim Arzt nachfragen und so fort. Was soll er sich einmischen, wo seine Nachbarin an der Wärme ist, und zu essen ist auch noch etwas da. Er ist kein guter Engel. Robert geht ins Hotel.

Theres stellt sich ans Fenster. Die blauen Vorhänge, die sie sonst von der Seite mehr ahnt als sieht, hat sie jetzt vor sich. Da sie geschlossen sind, kommt sie nicht weit mit ihrer Neugier. Es bleibt offen, wer die sind, die sie so oft mit ihrer Musik beinahe zur Verzweiflung treiben. Sie dreht sich um. Blickt, als ob sie selber draussen wäre, ins Zimmer hinein. Sein Zimmer: Da gibt es nicht viel zu sehen. Den Sessel, auf dem sie eben noch sass. Einen Tisch mit drei Stühlen. An der Wand die hellen Flecken, die bleiben, wo einmal Bilder hingen. Im Kamin glühen noch die Reste eines Feuers. Auf dem Sims steht eine Pflanze von der Art, die ohne Wasser überleben kann, und wenn sie dann doch einmal stirbt, schmeisst man sie ohne Reue weg. Hier gibt es keine Vorhänge, keine Teppiche; es fehlt all das, was in ihrer Wohnung dem leeren Platz den Platz nimmt. Theres wird unruhig. Das ist nicht auszuhalten, diese Leere; dass nichts da ist, das sie in Schranken weist. Sie fühlt, wie sie aus dem Leim geht. Geradeaus ist eine Tür. Zwischen ihr und der Tür ist nichts. Sie geht vorsichtig darauf zu. Damit sie nicht mangels Stütze stürzt. Öffnet die Tür, tritt ein in das winzige Zimmer und ist auch schon beim Bett. Breit steht es vor dem einzigen Fenster, von Wand zu Wand. Der freie Raum davor beschränkt sich auf einen Streifen, auf dem man knapp stehen und hin- und hergehen kann. Die Deckenlampe lässt sich mit einer Schnur bedienen, die über das Bett hinabhängt, und wenn man das Fenster öffnen will, muss man aufs Bett knien. Das tut Theres jetzt; nicht um das Fenster zu öffnen, sondern um hinauszuschauen. Das Fenster geht auf einen Innenhof. Genauer, auf eine Wand hinaus, die so nah ist, dass kaum Licht hereinkommt. Ein paar Tauben flattern auf, wie sie die Nase an die Scheibe drückt. Die haben ein Nest gebaut; eine Etage weiter unten in einer Pfanne, die wohl seit Jahren unbenützt auf dem Fenstersims steht. Erst jetzt bemerkt Theres, dass sie mit ihren Schuhen die Bettdecke schmutzig gemacht hat. Das ist schlimm. Robert wird bemerken, dass sie hier drin war. Sie sucht das Badezimmer. Findet dort, was sie sucht: einen Lappen, den sie nass machen will. An einer kahlen Wand ist ein Waschbecken befestigt. Dort gibt es einen Wasserhahn. Den dreht sie auf. Und auch einen Stöpsel, der das Wasser zurückhalten soll. Da der nicht in die für ihn vorgesehene

Öffnung passt, und ein Abflussrohr ist auch nicht da, kann das Wasser ungehindert auf den Boden und von dort durch ein Loch in die Kanalisation fliessen. Das braucht Theres nicht zu kümmern. Mit dem nassen Lappen versucht sie, den Dreck wegzuwischen. Es bleibt auf dem ziemlich reinen Weiss der Decke ein schwarzer Strich.

Robert geht den Fluss entlang. Über die nächste Brücke, wo er in der Mitte stehen bleibt und ins Wasser hinabschaut. Und dann weiter ans andere Ufer. Das tut er nicht alle Tage. Das ist wie ins Ausland gehen. Wenn auch nicht, wie über den Bosporus, in einen andern Kontinent. Aber immerhin. Er ist in einer andern Welt. Er sucht dort ein Hotel, in dem er früher einmal war; eins, das in einem Film vorkommt, der lang vor seiner Zeit gedreht wurde, und als er selber dort wohnte, stand es bereits, als ein Rest früherer Verhältnisse, schmal und baufällig zwischen den neuen, sehr viel grösseren Gebäuden, die hier wie in anderen grossen Städten die kleinen alten Häuser verdrängen. Den Namen des Hotels hat er vergessen. Wo es stand, steht ein anderes, das ihm nicht gefällt. Es ist spät. Er ist müde, nass und durstig. Geht hinein und fragt nach einem Zimmer. Für wie lang? fragt der Nachtportier. Für eine Woche, sagt Robert. Und auf die Frage, wo sein Gepäck sei: Ich zahle im Voraus. Bar? fragt der Portier. Bar, sagt Robert, schreibt sich ein unter dem Namen Mischa Perm, zeigt einen Ausweis, der auf diesen Namen lautet, und geht in das Zimmer, das man ihm anweist. Dort geht er gleich zum Fenster und schaut hinaus. Er blickt auf den Fluss hinab. Eine Brücke ist auch zu sehen; in einiger Entfernung, aber doch so nah, dass er gleich dort ist, wenn er sie braucht. Er legt sich aufs Bett und stellt fest, dass ihm das Zimmer missfällt. Da ihm aber der Gedanke, in seine Wohnung zurückzukehren und dort seiner Nachbarin oder auch nur ihren Spuren zu begegnen, noch mehr zuwider ist, bleibt er fürs Erste, wo er ist: auf dem Bett, mit Blick zur Decke. Wo sich ein paar Risse durch das schwärzliche Weiss des da und dort abblätternden Anstrichs ziehen und ihm vor Augen halten, dass der Neubau bereits abgewohnt und seine Frische verbraucht ist. Robert hat Durst. Geht ins Badezimmer, um Wasser zu trinken. Sieht sich im Spiegel. Erkennt sich nicht, auch wenn er weiss, dass er der sein muss, der dort drin ist: bleich, müde; mit einer dunklen Strähne über dem rechten Auge. Er streicht sie zurück. Unrasiert ist er auch, denn dazu war vor seinem abrupten Auszug keine Zeit. Er beschliesst auszugehen. In die Bar, und vorher noch einkaufen, was er zur Erhaltung einer halbwegs passablen Reinlichkeit braucht. Das ist schnell geschehen. Bis zur Bar, denn er will nicht zu irgendeiner, sondern zu der, in der er Sophie zu finden hofft, ist es ziemlich weit. Wie er ankommt, ist sie nicht dort. Kommt und kommt nicht, so lange er auch wartet und sich dabei unter anderem überlegt, ob es ein Zufall ist, dass auch Otto nicht hier ist. Blöder Name, Otto, sagt er vor sich hin und bestellt den dritten Wodka. Die Zeit vergeht. Ihm steht sie still.

Inzwischen ist es finster geworden. Theres, erschöpft von ihrer vergeblichen Bemühung, ist auf dem Sessel eingeschlafen. Wie sie nach einem wer weiss wie langen Schlaf wieder aufwacht, ist ihr kalt. Ist sie steif wie ein Brett. Sie steht auf. Sucht und findet einen Lichtschalter. Weiss auch bald schon wieder, wo sie ist. Ob er inzwischen nachhause gekommen ist und wollte sie aus Rücksicht nicht wecken? fragt sie sich. Wo er ja nur schnell etwas einkaufen wollte. Im Laden um die Ecke, wie er gesagt hat. Ob ihm etwas zugestossen ist? Ob er sie vergessen hat? Sie traut sich nicht, nachzuschauen, ob er vielleicht im Bett liegt und schläft. Sie hat Hunger. Die dritte Tür wird wohl die zur Küche sein. Die ist kaum mehr als ein Schrank, fensterlos. Aber es gibt dort etwas, das sonst in der Wohnung nicht vorkommt: An der Wand … an dem kleinen Flecken Wand, der nicht von Regalen oder Schränken besetzt ist, hängt ein Bild. Auf ihm kann man, links und rechts vom Bildrand abgeschnitten, zwei Zelte sehen. Dazwischen grün die Steppe, grau den Himmel und im Vordergrund, auf trockenem Sand, eine blaue Bank. Leer. Gleich daneben auf dem Boden liegend drei Bretter in einem helleren Blau, jedes anders als das andere. Und ferner, im Hintergrund, einer über den andern geworfen, zwei Baumstämme, noch nicht entrindet. Warum das wohl hier hängt? Ob er schon dort war? Wo, falls ja, ist das Dort? Ob er das Foto gemacht hat? Ob er sich ein Haus gebaut hat aus den Brettern? Aus noch mehr Brettern, alle blau, und mit dem längeren der Baumstämme als First? Und die blaue Bank? Ob die jetzt in der Küche steht; an einem Tisch aus rohem Holz? Theres hat Hunger. Sie öffnet den Kühlschrank. Drin steht eine Flasche Wodka. Das ist nichts für sie. Sie findet ein Stück Brot, ein Stück Wurst. Lässt die Wurst fallen. Wie sie sich bückt, um sie aufzuheben, findet sie am Boden unter der Fussleiste ein Loch. Da kommen die Ratten heraus, sagt sie laut. Bei mir kommen aus einem solchen Loch die Ratten heraus, sagt sie noch einmal und überlegt, was zu tun sei. Sucht dann etwas, mit dem sich das Loch verstopfen liesse. Dafür nimmt man am besten Stahlwolle. Aber im Haushalt eines Junggesellen wird sich das wohl kaum finden. Sie findet denn auch nichts, wie sie den Schrank unter dem Ausguss aufmacht. Dort sind nur leere Flaschen. Statt mit Stahlwolle versucht sie es mit ihrem Taschentuch. Obwohl das nutzlos ist, wie sie weiss. Wann je hätte eine Ratte sich abhalten lassen von einem Fetzen Stoff.

Sophie setzt sich an den Küchentisch. Der auch ihr Denk-, Lese- und Esstisch ist. Um zu überlegen, was sie tun soll. In Sachen Ithaca. In Sachen Sibirien. Dass eine Reise mit Robert jetzt nicht in Frage kommt, ist klar. Aber, irgendwie zieht es sie doch dorthin, vielleicht im Sommer? Aber auch nur, wenn sie die Kinder dann nach Alaska ziehen lässt. Oder wo immer Jeff mit ihnen hinwill. Und das heisst, dass sie auch zu den geplanten Weihnachten in Ithaca Ja sagen muss. Warum nicht? fragt sie sich. Und muss sich sagen, dass es die Eifersucht ist, die sie zurückhält. Weil ihre lieben Kinder lieber bei Jeff ihren Christbaum haben wollen als bei ihr. Und bei der neuen Frau. Die Kinder sind im Bett. Sie hört sie rumoren. Flüstern. Die werden nicht so rasch Ruhe geben. Mit der Bar ist es heute nichts. Wo sie so dringend Robert sehen, mit ihm besprechen wollte … Aber was nur? Wie ihm sagen, was sie zu sagen hat? Wo ihr das selber nicht klar ist. Auch nicht, wie sie sich ihm verständlich machen soll. Er ist ein fremder Mensch. Sie weiss nicht einmal, wie er heisst. Ob er Mischa Perm ist oder Robert X. Oder der eine wie der andere oder keiner von beiden.

Wenn es wahr ist, dass Mischa Perm tot ist … Was freilich auch wahr sein kann, wenn es nicht wahr ist. Wenn sich nämlich Robert, oder wie immer er heisst, vom Autor von *Unterwegs nach Ochotsk* losgesagt, wenn er ihn totgesagt und damit für sich erledigt hat. Ein für allemal oder für die Dauer einer Laune. So oder so bleibt er der, der in Ochotsk war. Unter welchem Namen auch immer. Er war mit sich selber zu zweit, und jetzt ist ihm das zu viel geworden, denkt Sophie. Als ob man sich trennen könnte von seinem Schatten. Besonders, wenn man nicht einmal weiss, welcher von beiden der Schatten wäre. Ob sie mit dem Autor im Bett lag, oder mit dem, der sich hinter ihm verbirgt? Wie soll Sophie das wissen. Hätte sie bloss nicht … Und doch … Sicher ist, dass sie den kennt, der in Sibirien war. Unterwegs nach Ochotsk. Das Ochotsk, das im Buch steht. Oder das, von dem sie Robert beim Wodka hat erzählen hören. Die beiden sind nicht gleich. Stimmen aber doch im Wesentlichen überein: Darin vor allem, dass das eine wie das andere Ochotsk in the middle of nowhere liegt, wie die Kinder sagen, wenn sie sich in ihrer Vatersprache ein Land ausdenken, zu dem man nie hinkommt. Sophie schlägt das Buch auf. Irgendwo. Ist damit von neuem unterwegs nach Ochotsk. Hält den Finger auf die Seite rechts und findet die Stelle: *Tiefer im Landesinneren breitet sich eine kahle, in Ockertönen gefleckte Fläche aus. Büschel von dunkelrosa Nelken, umrahmt von blaugrün stachligen Blättern, wachsen auf dem sonst kahlen Boden …* Von diesen Nelken hat Robert alias Mischa alias Robert kürzlich erzählt. Dass sie dort, wo sie aus der harten Kruste wüchsen, unglaublich seien. Aber wahr. Wenn auch nicht handgreiflich. Denn es war unmöglich, zu ihnen hinzugehen; über einen Boden, unter dem es brodelte. Durch den man hindurchbrechen konnte bei jedem Schritt.

Von den Kindern ist nichts mehr zu hören. Ob sie doch noch in die Bar gehen soll? Um mit dem, der Robert oder Mischa oder irgendwie heisst, zu besprechen, was besprochen werden muss, bevor sie mit ihm nach Sibirien reist. Nicht jetzt. Nicht im Winter. Aber vielleicht, wenn die Kinder in Alaska sind? Wie sie in der Bar ankommt, ist der mit der schwarzen Schürze am Schliessen. Er ist eben weggegangen, sagt er zur Sophie. Falls es der mit dem Regenmantel ist, den Sie suchen. Wenn Sie noch etwas trinken wollen … Nein danke, sagt Sophie. Geht nachhause. Legt sich zu Bett. Muss ständig an ihn denken. Steht wieder auf. Versucht weiterzulesen in dem Buch, in dem sie dem, an den sie immer denken muss, wenigstens im Wort begegnen kann. So oder so. Dort liest sie: *Am Rand des unterirdischen Sees haben sich rostrote und weisse Rückstände abgelagert; Gift für das Grün, das aus dem Schatten der nahen Bäume ins Freie will …* Als Kind hat Sophie ihre Grossmutter beobachtet, wie sie mit dem Finger blindlings auf eine Stelle in der aufs Geratewohl aufgeschlagenen Bibel zeigte, um ein Wort zu finden, das sie leiten sollte in dem, was ihr am heutigen Tag bevorstand. Das tat sie noch bevor sie die Zeitung las und ihren Kaffee trank. Als Sophie damals selber einmal den Versuch machte, fand sie den Vers: *Wer aber beharret bis zum Ende, der wird selig*. Das war, wie ihr damals schien, leicht zu verstehen. Fleissig Klavier üben zum Beispiel. Und dann kam die Belohnung, die darin bestand, dass man das

Stück etwas besser konnte als vorher. Ob das aber die Seligkeit war? Jetzt ist es schwieriger geworden mit dem Leitspruch, den sie sich damals für alle Fälle gemerkt hat, denkt Sophie. Worauf soll sie beharren? Und was ist das Ende? Ist es der Tod? Oder geht es nur um diese oder jene Prüfung, die man durchstehen muss, und wenn sie vorbei ist, ist man, belohnt durch seine eigene Tugend, selig? Vielleicht nicht im Sinn der Bibel. Was vielleicht umso besser ist. Dass es kaum das Ziel ihrer Wünsche war, selig zu werden, hat Sophie schon als Kind begriffen. Sie hatte eine Tante, die eine Selige war. Das hat nicht jeder. Vom letzten Papst selig gesprochen. Bald nach ihrem Tod. Warum hat allerdings niemand begriffen, der sie kannte. Sie war kein richtiges Kind, hat Sophies Mutter erzählt. Wenn die andern Kinder draussen spielten, blieb sie in der Stube und strickte. So fing es mit dem Weg zur Seligkeit an.

Theres sitzt in der Wohnung ihres Nachbarn am Tisch und isst. Möchte, sie hätte ein Messer, wie sie sich abmüht an dem harten Stück Brot, an der trockenen Wurst. Geht in die Küche. Holt eins. Dazu auch noch ein Glas Wasser. Setzt sich wieder, auf den Rand des Stuhls diesmal. Falls sie gleich wieder etwas holen muss. Schneidet sich ein Stück von der Wurst ab. Steckt es in den Mund. Erschrickt, weil jetzt das Telefon läutet. Schluckt die Wurst. Verschluckt sich. Spuckt die Wurst wieder aus. Das Telefon ist im Schlafzimmer. Wo ihr Nachbar vielleicht schläft. Falls er nachhause gekommen ist, und sie hat ihn nicht gehört. Er wird gleich aufwachen, das Telefon abnehmen. Er nimmt nicht ab. Es läutet weiter. Ob er vielleicht tot ist? Oder betrunken, und kann keinen Finger rühren, so übel ist ihm, und das Bett, auf dem er liegt, fährt kopfüber rückwärts im Kreis, und warum er dabei nicht hinunterfällt, ist ein Rätsel, das ihm niemand löst, so lange er so daliegt; im Gefühl seiner Schande und doch wie tot. Das Telefon läutet immer noch. Sie geht ins Schlafzimmer. Er ist nicht drin. Sie nimmt das Telefon ab. Sagt nichts. Bist du da? fragt eine Frau. Robert, warum sagst du nichts? Bist du krank? Ich höre dich atmen. Da sagt Theres: Ich bin Theres. Ich warte auf ihn. Entschuldigen Sie, sagt die andere rasch. Hängt auf. Es war die vom Buchladen, weiss Theres. Das heisst, sie vermutet, es sei die. Da ihr aber alle Vermutungen auch gleich schon Wahrheiten sind, zögert sie nicht, ihr Unglück für entschieden zu halten. Sie ist also seine Freundin, sagt sie sich. Und hat für einmal recht mit dem, was sie annimmt. Was nicht ausschliesst, dass sie ganz und gar unrecht hat, wenn sie sich zutraut, auf Grund derart unsicherer Angaben zu einer Gewissheit zu kommen. Ob die wohl glaubt, ich sei … sagt Theres vor sich hin. Sie macht den Satz nicht fertig. Es ist nicht nötig. Sie ist sicher, dass die andere glaubt, dass … Wer anders als seine Frau würde in Roberts Wohnung spätnachts das Telefon abnehmen, denkt Theres. Was faktisch zwar nicht zutrifft, dem Gefühl nach aber dennoch richtig ist. Denn das ist fast genau, was Sophie denkt, nachdem sie Robert in der Bar nicht gefunden hat, und jetzt ist sie zuhause und kann nicht schlafen. Während sich so die Tatsachen mit den Gedanken zu falschen Wahr- und zu wahren Falschheiten mischen, horcht Theres mit einem Mal auf. Es ist ihr, sie habe im Treppenhaus ein Geräusch gehört. Was offenbar ein Irrtum war. Sie hat ihr Ohr an der Tür und hört nichts. Öffnet die Tür und geht auf den Flur hinaus, um besser zu hören. Und erkennt dann, dass das Geräusch von ihrer Katze kommt, die hinter der nach wie vor verschlossenen Wohnungstür herumtobt. Theres hämmert an die Tür, spricht mit der Katze, die aber keine Ruhe gibt; zum Steinerweichen, was nicht nötig wäre, denn Theres will ja tun, was sie kann. Und sie weiss auch schon was. Wie sie aber in Roberts Wohnung zurückgehen will, um die Feuerwehr anzurufen, damit die mit Gewalt die Tür zu ihrer Wohnung öffnet, bemerkt sie, dass sie Roberts Wohnungstür hinter sich hat zufallen lassen. So steht sie jetzt zwischen den beiden Wohnungen. Ausgesperrt. Es ist tiefe Nacht. Sie setzt sich, lehnt sich an Roberts Tür und möchte nichts wie schlafen. Sie kann nicht schlafen. Die Nacht ist noch lang.

Da schläft eine! ruft das kleine Mädchen, das vor seiner Mutter die Treppe hinabrennt auf dem Weg in den Kindergarten, in dem es den Tag verbringt, während die Mutter arbeitet. Die ist erst kürzlich hier eingezogen, kennt die Nachbarn noch nicht. Will sie auch lieber nicht kennen, wenn sie sich ihr geradezu in den Weg legen, wo sie es doch eilig hat; wie immer am Morgen, wenn sie aus dem Bett muss, solange es noch finster ist. Muss das sein, sagt sie sich beim Anblick der verwirrten Frau, die, aufgeweckt vom hellwachen Kind, sich vorerst umsonst auf das Wo, das Warum ihrer Lage zu besinnen versucht. Und vor allem darauf, wer sie ist. Denn das hat sie bis auf den Grund ihrer Person vergessen. Wie sie es immer vergisst über Nacht. Aber heute ist es schlimmer als sonst. Dauert es länger, bis sie wieder bei sich ist, was natürlicherweise damit zusammenhängt, dass sie nicht bei sich ist. Nicht nur, wie sie es immer nicht ist, sondern auch tatsächlich: Sie ist nicht in ihrer Wohnung. Sondern wer weiss wo in der Kälte. Ohne Mantel. Auf einem harten Flur. Hilflos unter dem Blick eines Kindes, das sie nicht kennt, und angesichts einer fremden jungen Frau, die nicht allzu freundlich in die Welt blickt, wie sie sich überlegt, was sie da tun soll: Tun, als ob nichts wäre und unverzüglich zur Arbeit gehen, zu der sie ohnehin schon zu spät ist? Oder wie es, stumm, ihr Kind und dazu auch noch ihr besseres Ich von ihr fordert, helfen, in dem sie zuerst einmal der Frau aufhilft und sie dann fragt, wie sie ihr helfen könne? Ich bin ausgesperrt, sagt die. Kann nicht in meine Wohnung. Kann nicht in seine Wohnung. Habe kein Telefon, sagt sie. Und die Katze eingesperrt. Kommen Sie mit, sagt die junge Frau. Wohin nur? fragt sie sich und beschliesst dann, zuerst das Kind in den Kindergarten zu bringen und darauf mit der Frau zur Polizei zu gehen; alles gleich um die Ecke, und vorher noch im Büro anrufen. Was sie gleich tut. Dass ihr Kind unter der Tür zum Kindergarten schreit: Ich will bei der Frau bleiben! überhört die Mutter wie so vieles, was ihr mühseliges Leben noch mühsamer macht. Kommen Sie mit, sagt sie zur Nachbarin. Und dann: Da hinein, alles Gute, wie sie vor dem Polizeiposten angekommen sind; so rasch geht das, dass Theres erst bemerkt, wo sie ist, wie sie schon drin ist und gefragt wird, was sie hier wolle.

Ich bin ausgesperrt, sagt Theres zum diensttuenden Polizisten. Meine Katze ist drin, ist am Verhungern. Halt, sagt der Beamte. Der Reihe nach, sagt er und fragt nach Namen, Adresse, Beruf. Schreibt auf, was Theres ihm sagt. Auch dass sie keinen Beruf hat, schreibt er auf und fragt dann, wo sie den Schlüssel verloren habe. Mit der Tasche, sagt Theres und erzählt vom Taxi und dass sie unterwegs ausgestiegen sei, weil sie nicht zur Beobachtung wollte. Beobachtung? fragt der Beamte. Theres sagt nichts. Der Beamte versteht. Wie sieht die Tasche aus? will er wissen. Was war drin? Wie viel Geld? und: Einen Augenblick, sagt er dann, geht zum Computer und hat schon bald die Auskunft, die er sucht: Dass nämlich genau diese Tasche, mit allem drin, ausser dem Geld, abgegeben worden sei am Hauptposten, der dort und dort liege, und sie könne die Tasche gleich abholen und dann die Katze erlösen, sagt er und sagt sich auch, dass er das mit der Beobachtung eigentlich weiterverfolgen müsste, wunderlich, wie sich die Frau benimmt. Und dann: Ach wo, so viel Umtriebe; gefährlich ist sie ja nicht, sagt er sich und lässt sie, die sich heftig bedankt, laufen. Wenn ich jede, die es nötig hat, persönlich in die Psychiatrie bringen möchte, denkt er noch. Wo käme ich dann hin. Und da sind ja auch noch die Kollegen beim Hauptposten. Die werden schon das Richtige tun. Was die auch tun, als Theres erscheint. Nämlich gar nichts, als dass sie ihr die Tasche aushändigen und sie dringlich ermahnen, dass sie nie mehr hinterrücks aus dem fahrenden Taxi aussteigen, und wenn schon, sich nun wirklich nicht wundern dürfe, wenn der Taxifahrer sich selber zu seinem Recht verhelfe und verärgert die Tasche auf die Strasse werfe, nachdem er habe entdecken müssen, dass das Geld im schäbigen Portemonnaie kaum reichte, ihn für die gehabte Mühe schadlos zu halten. Der Polizist spricht immer noch, wie sie schon längst weg ist und nachhause eilt. Wo doch die Katze am Verhungern ist. Ich muss Milch kaufen, sagt sie sich. Denkt daran, dass sie kein Geld hat. Eilt nachhause, um welches zu holen. Ist das nicht die mit der Ratte? sagt Alice zu Alex, wie sie auf ihrem Schulweg wie immer am Haus vorübergehen, wo Theres wohnt. Wo auch Robert wohnt oder, genauer, bis vor kurzem gewohnt hat. Aber das wissen die Kinder nicht. Ja, sie ist's, sagt Alex. Pass auf, dass sie uns nicht anquatscht. Wir sind ohnehin zu spät, sagt er. Was nicht heisst, dass er sich geradezu beeilen möchte. Aber doch, dass ein zusätzlicher Verzug nicht drin liegt. Bist du für Christmas in Ithaca? fragt er Alice. By all means, sagt die. Wir gehen, ob es Sophie passt oder nicht. Ich will die Stiefmutter kennen lernen. Du bist mutig, sagt Alex. Fressen wird sie uns nicht, sagt Alice. Das geschieht einem nur, wenn man an Märchen glaubt, sagt sie. Was Alex wiederum bezweifelt. Hänsel und Gretel haben nicht an Märchen geglaubt, sagt er. Die waren drin.

Aber in Ithaca können wir mit Jeff in den Wald fahren und selber unseren Christbaum holen! schreit Alex, wie nun endlich die Schlacht um Ithaca losgebrochen ist, die schon so lang fällig war. Das ist kein Grund, mich allein zu lassen, sagt Sophie. Aber wie geht denn das zu, wenn jeder selber seinen Christbaum holt? Gibt es da genug Tannen? Ist der Nachwuchs nicht längst ausgerottet bei so viel unverständigem Konsum? Wir fahren in den Christbaumwald, sagt Alice. Das ist kein richtiger Wald. Sondern ein gemachter. Wir fahren mit dem Förster dorthin, auf einem Jeep, und wenn wir den Baum sehen, den wir haben wollen, wird er gefällt und auf den Jeep geladen. Wann wollt ihr denn fliegen, fragt Sophie, die endlich begriffen hat, dass sie auf verlorenem Posten steht. Was hat sie schon zu bieten hier in der Stadt, wo die Christbäume immer schon ausverkauft sind, wenn sie endlich daran denkt, dass sie einen braucht. Und dann ist nichts mehr da als Mistelzweige und Stechpalmen. Nichts als Gestrüpp mit Kerzen kann sie den Kindern bieten, und vielleicht dazu noch ein paar Geschenke, die sie sich, wenn nicht vom Mund, so doch von allem abspart, was sie selbst gern hätte. Dass das keine Bücher sein dürfen, weil die Kinder leider von Büchern nichts mehr wissen wollen, macht die Sache nicht einfacher, wo sie dafür so viel Rabatt bekommt bei ihrem Chef und Onkel, dass der dickste Kinderroman nicht mehr kostet als der Pappenstiel, von dem sie schon lang gern wüsste, was er eigentlich ist. Keine Bücher also, was aber sonst? Wir fliegen am 22. Dezember, sagt Alex. Nach New York. Die Tickets sind reserviert, und Jeff holt uns ab, und dann geht es weiter mit den Mohawk Airlines, die nach den dort früher ansässigen Indianern heissen. Nicht früher, es gibt dort immer noch welche, unterbricht ihn Alice. Ja, schon, sagt Alex. Aber man kennt sie nicht mehr von den andern, wo sie keine Federn mehr tragen. Und kein Kriegsbeil, lacht Sophie. Alex schaut seine Mutter wütend an. Manchmal hat sie keinen Sinn für was nicht lustig ist. Immerhin besser, als sie würde weinen in Gedanken an ihre einsame Weihnacht. Sie hat ja ihren Robert, denkt Alex, und Alice sagt das auch gleich. Laut. Robert ist nicht mein Robert, sagt Sophie und denkt an die, die neulich nachts in seiner Wohnung am Telefon war. Hat er also doch noch eine andere? musste sie sich da fragen. Eine schöne Stimme hatte sie, erinnert sich Sophie. Ungern. Sehr wortkarg war sie. Als ob sie nichts zu sagen hätte. Was aber wohl Robert sehr recht ist. Wo er so oft einen Blick hat, der anderswo etwas ganz anderes sucht, als was ich ihm erzähle, überlegt Sophie weiter. Was soll ich nur tun? fragt sie sich; zunächst in Bezug auf Robert und dann auch schon gleich im Hinblick auf die akute Not, wie jetzt Alex auf sie einstürmt, dass sie warme Kleider und gute Schuhe bräuchten, und Alice redet von einem Geschenk für Jeff. Und einem für Jennifer, sagt sie noch; nicht sicher, ob die Mutter das schlucken wird. Aber die schluckt alles und sagt nur, nachdem sie einmal leer geschluckt und sich dann gleich gefasst hat: Ihr braucht also Geld. Wenn's möglich ist, sagt Alice sehr höflich. Mal sehen, sagt Sophie. Und jetzt ins Bett mit euch. Die Kinder sind aussergewöhnlich folgsam und verschwinden gleich; nicht ins Bett, sondern zum Laptop, um Jeff zu berichten, dass Sophie einverstanden ist. Mit allem ... Wie sie die Kinder loshat, versucht Sophie Robert anzurufen. Das letzte Mal, gelobt sie sich. Es antwortet niemand. Er ist wohl wie jeden Abend um diese Zeit in der Bar. Mit der andern vielleicht. Sie geht hin. Er ist nicht dort. Sie trinkt ihren Wein allein.

Wie sie nachhause kommt, findet Sophie eine Nachricht von Jeff: Die näheren Angaben zur Reise, und dass er die nötige Ausrüstung für die Kinder gleich nach ihrer Ankunft mit ihnen einkaufen werde; dicke Jacken, warme Schuhe und so weiter. Damit sind Sophies Geldsorgen fürs Erste vom Tisch. Damit sie sich ein Bild machen könne vom

Haus, in dem die Kinder mit ihm und Jennifer hausen würden, schicke er ihr ein Bild, das er im letzten Frühjahr aufgenommen habe, als er das Haus zum ersten Mal sah; ohne den Schnee, der jetzt in Ithaca zwei Fuss hoch liege. Warum nicht ein Bild von jetzt? fragt sich Sophie und denkt an Jeffs Bericht von den kalten Novembertagen ohne Strom, ohne Heizung; als man die Sardinen am Kaminfeuer wärmen musste, und die Kinder wollten zur Ergänzung der kargen Mahlzeiten Vögel fangen und am Spiess braten. Oder Frösche. Das Haus muss sehr alt sein, denkt Sophie, wie sie sich nun wieder dem Bild zuwendet und den Eingang betrachtet; die griechischen Säulen und das feingliedrig fächerförmige Fenster über der Tür. Rechts und links ein blühender Fliederbusch und die Wiese voller Löwenzahn. Es fällt ihr ein, wie die Frühlinge in der Gegend von Chicago waren, wo auf die kurze Blüte zarter Wildblumen auch schon die grosse Hitze folgte. An die vielen weissen Blumen erinnert sie sich vor allem, von denen die schönste Bloodroot hiess: Wenn man sie pflückte, rann ein roter Saft aus dem Stiel; hochgiftig, aber doch von den wissenden Ureinwohnern mit Erfolg als Heilmittel genützt. Das alles kommt Sophie in den Sinn beim Anblick des Hauses, in dem sie wohnen könnte, wenn sie nicht … Sie hat Heimweh nach einem Land, in dem sie sich nie daheim fühlte, als sie dort war. Darum hat ihr Jeff das Frühlingsbild geschickt, das ist's. Weil er wissen muss, dass sie die Frühlinge dort vermisst. Weil er sie plagen will. Weil er will, dass sie bereut. Überlegungen, die, ob richtig oder falsch, von den Kindern weggescheucht werden wie Stechmücken, wie sie nun in die Küche stürmen, ihr Frühstück haben und vor allem das

Bild sehen wollen vom Haus, von dem ihnen Jeff in einer Mail erzählt und gesagt hat, sie könnten es bei Sophie anschauen. Dass auf dem Bild ein Reh verborgen war, sollten sie für sich behalten, hat er noch gesagt. Ein Reh, von dem man auf der frisch verschneiten Wiese nur die Spuren sehen könne, die bis zu dem Fliederbusch führten, unter dem sich das Tier in einer mit dürren Blättern gepolsterten Kuhle vor dem Biswind in Sicherheit gebracht hatte. Ich sehe das Reh, sagt Alice. Hier, der Fleck, der aussieht wie ein Schatten. Du träumst, sagt Alex. Das ist ein Schatten. Und Alice: Wo sein Schatten ist, ist auch das Reh.

Während die Kinder aus dem Flugzeug auf die Wolken herabschauen, die über dem Meer liegen, sitzt Sophie in der Küche, trinkt Tee und denkt an Ochotsk. An den Ort, der ihr nach der Lektüre von Mischa Perms Buch Sibirien ist, obwohl er denen, die dorthin unterwegs sind, lediglich als ein winziger Punkt an einem Horizont steht, der sich ständig ändert und doch immer gleich weit weg ist. Bis er sich am Ende öffnet auf das ochotskische Meer. Wo tatsächlich ein Ochotsk zu finden ist. Ein Ort, der, wie Sophie bei ihren Nachforschungen hat feststellen müssen, nur sehenswert ist als eine Stätte des Zerfalls. Aufgelassene Kraftwerke soll es dort geben, die, stellenweise auf ein Gerippe reduziert, als Gitter vor dem trüben Himmel stehen. Lagerhäuser, in die es hineinregnet. Eine Konservenfabrik, deren zerbrochene Fenster im Wind hin- und herschlagen und dahinter, unbewohnt, die in Eile errichteten und auch schon bald wieder verlassenen Wohnblöcke für die Angestellten dieser seit längerem stillgelegten Betriebe. Warum man sie nicht abreisst? Wohl weil hier an Platz kein Mangel ist, wie die Bilder zeigen, mit denen einige wenige Reisebüros für einen nicht allzu komfortablen, dafür aber authentischen Tourismus werben. Was immer das ist. Die Gebäude, die noch benutzt werden: das Stadthaus, die Kirche und die hölzernen Wohnhäuser, von denen einige auf den Anfang des letzten Jahrhunderts zurückreichen, stehen in lockeren Gruppen auf beiden Seiten einer Hauptstrasse, die sich ohne jeden Belag, schmutzig und verkommen durch die Ortschaft zieht. Kein Verkehr störte den Hund, der mitten auf einer Kreuzung eingeschlafen war, hat einer zu erzählen gewusst, der auf seinem Gang durch Ochotsk in eine Seitenstrasse eingebogen war und, kaum hatte er ein paar Schritte getan, auch schon an deren Ende kam. Wo nichts war als ein ins Kraut geschossener Gemüsegarten und dahinter ein Sumpf. Das Schulhaus, viel zu gross für die wenigen Schüler, die im Hof herumstanden und warteten, bis die Pause vorbei war, ist ziemlich neu, wie man auf einem der Bilder sehen kann. An den Wohnblöcken aus der sowjetischen Zeit kleben Holzbalkone im alten Stil; bereits verwittert, aber immer noch brauchbar für die Flundern, die dort an Schnüren aufgereiht zum Trocknen aufgehängt sind. Eine Speise, die wohl schon die Kosaken kannten, die den Ort im 17. Jahrhundert gegründet hatten; als Winterlager zunächst, und dann als eine permanent provisorische Bleibe. Dass davon nichts erhalten ist, hat Sophie aus ihren Quellen erfahren. Ochotsk brannte ab und wurde wieder aufgebaut; noch und noch einmal bis jetzt, wo die brüchigen Holzhäuser mit ihrem kaum mehr sichtbaren blaugrünen Anstrich auf eine neue Brandkatastrophe geradezu zu warten scheinen.

Was für ein Ziel für die, die dorthin unterwegs sind; durch ein ganzes Buch hindurch und vielleicht, wer weiss, ihr Leben lang. Mischa Perm hat immerhin mit mässigem Respekt noch die doppelte Allee, aus Birken die eine, und aus Lärchen die andere Reihe erwähnt, die vom Landungssteg zur Ortsmitte führt, und die man als ein Zeichen nehmen könne, dass die Bewohner doch ein Bedürfnis hätten, Staat zu machen mit ihrer Stadt. Darauf weise auch die Leninstatue auf dem grossen Platz hin, die mit ihrem silbernen Anstrich schöner sei als alle andern, die man in den umliegenden Städten sehen könne, hat Mischa Perm, wie er sagt, einen der ständigen Bewohner von Ochotsk sagen hören. Der freilich, wie fast alle dort Ansässigen, nie aus Ochotsk hinausgekommen und darum für einen Vergleich mit anderswo nicht qualifiziert war. Und wie soll man da hinauskommen, wenn man kein Geld hat fürs Flugzeug, fragt sich Sophie. Wo im Winter das Meer monatelang zugefroren ist, und wo es keine Strassen gibt, die weiterführen als bis zum nächsten Holzschlag.

Sophie schrickt auf aus ihrer imaginären Reiserei. Sie muss Robert endlich fragen, ob er tatsächlich nach Sibirien will, oder ob es ihn da nur hinzieht. Und wenn der Sog nicht kommt, der ihn dort hinziehen soll, wird nichts daraus, und er bleibt hier sitzen und sie mit ihm. In der Bar oder sonstwo. Und wenn er es wirklich ernst meint: Wo genau er hinwill in dem riesigen Land, muss sie wissen. Und wann? Und wie? Was sie ihn alles schon gefragt hat. Mehrmals. Egal wohin, war jeweils die Antwort. Egal wie. Und: Wann du willst. Als ob man sich dorthin auf den Weg machen könnte von einer Minute zur andern: Den Wunschring am Finger umdrehen, und schon ist man in Ochotsk. Sie muss ihn fragen, wie er sich das denkt. Damit sie genau weiss, worauf sie sich einlässt, sagt sie sich. Und lacht sich auch schon aus. Als ob man das je wüsste. Auch wenn man nur zum Laden um die Ecke geht. Aber im Ernst. Sie muss ihn fragen. Er muss ihr sagen … Aber wie, wo er nicht mehr in die Bar kommt, wo er das Telefon nicht abnimmt? Sie muss ihn fragen, was er meint, wenn er von Sibirien redet. Ob er damit das Land meint, das sich als eine unabsehbar weitläufige Fläche über die Krümmung der Erde hinzieht? Das im Norden vom Permafrost ins Eismeer übergeht, während es im Osten an den Feuergürtel rührt; an die Kette der Vulkane, die sich von Feuerland der pazifischen Küste entlang bis nach Alaska, über den Pol hinaus nach Sibirien, zum Fujiyama, und endlich zum Krakatau zieht. Ein Land also, das bei aller seiner phantastischen Ausdehnung doch eine geographische Gegebenheit ist; das man bereisen kann mit der Eisenbahn, mit dem Schiff, mit dem Flugzeug. Oder aber, und das wird Sophie immer wahrscheinlicher, es könnte sein, dass für Robert Sibirien nicht nur dieses immerhin registrierte und punktuell in hartem Zugriff verwaltete Land wäre, sondern auch etwas ganz anderes. Eines Region, die für etwas steht, das er in nackten Worten nicht sagen kann. Vielleicht für ein Elend, in das er, als wäre es ein anderes Land, vor Jahren schon übergesiedelt ist. Als wäre es für immer. Eine Öde, aus der er nur sehr selten einmal auftaucht, wenn ihn zum Beispiel das Bedürfnis ankommt, doch wieder einmal einem andern Menschen aufmerksam ins Gesicht zu blicken; ihm zu begegnen und für einen Augenblick sich mit ihm einverstanden zu fühlen. Und wenn er im Vornherein weiss, dass es wieder ein Irrtum ist. Dass daraus nichts werden kann, und dass er doch immer wieder auf ein Wunder hofft: Das wäre sein eigentliches Unglück.

Oft sieht er aus, als sei ihm kalt, denkt Sophie. Auch wenn er an der Wärme ist. Als sei er am Erstarren; von den Zehen an aufwärts, so wie es bei Sokrates ging, als er den Schierling trank. Nur langsamer. Nicht gleich in den Tod. Sie muss Robert fragen, was das ist. Diese Lähmung. Oder wie immer man es nennen soll. Es könnte eine Krankheit sein. Etwas, das man heilen, wogegen man etwas tun kann. Falls nicht … Sie muss wissen, wie es mit ihm steht. Ob der, mit dem sie so weit weg will, nicht bereits so weit weg ist, so viel Vorsprung hat auf seinem Weg ins Nirgendwo, dass sie ihn nie mehr wird einholen können. Auch wenn sie, hinter ihm herkeuchend, ihn am Ärmel packt; auch wenn sie sich an ihn hängt und ihn nicht loslässt. Ich muss wissen, ob er noch am Leben ist, denkt Sophie und denkt auch gleich, dass ihre Kinder sagen würden, du spinnst. Er isst und trinkt und spricht. Das heisst, er lebt. Ist also kein Gespenst. Irgendwie aber vielleicht doch. Auch wenn Sophie nicht an Gespenster glaubt, weiss sie, dass es sie gibt. Als so etwas wie Angst. Will sie wirklich mit diesem Mann nach Sibirien reisen? Ins Elend? Oder auch nur nach Ochotsk? Was vielleicht ein und dasselbe ist. Will sie das wirklich? Verreisen mit ihm? Mit Mischa oder Robert; mit einem, der nicht weiss, wer er ist? Der nicht weiss, ob seine Schwester tot ist, oder ob sie noch lebt. Der zwar weiss, dass seine

Schwester gestorben ist, als sie dreizehn war und er neun. Und trotzdem hält er sie, Sophie, für seine Schwester. Und dann auch wieder nicht, wie hätte er sonst … Oder erst recht, weil dann die Affäre mit ihr nicht mehr nur eine Affäre, sondern ein ausgewachsener Inzest wäre. Sie muss mehr wissen, bevor sie sich entscheidet. Sie weiss, dass die Entscheidung bereits gefallen ist. Dass es sich längst entschieden hat, dass er sich nie mehr wird entscheiden können. Weder für noch gegen etwas. Und auch nicht für das weder noch, denn das gibt sich von selbst. Sie will ihm einen Brief schreiben. Damit sich klärt, was allenfalls noch zu klären ist. Den wird sie morgen in seine Wohnung tragen. Wenn er nicht antwortet, ist die Sache erledigt. Und wenn er antwortet auch. Oder doch nicht? Und wenn er nun in seiner Wohnung ist und sieht sie vom Fenster aus mit dem Brief in der Hand über den Hof gehen; hört, wie sie die Treppe hinaufsteigt und steht schon unter der Tür, wenn sie kommt? Empfängt sie mit offenen Armen … Was er tatsächlich einmal getan hat, und das war, als ob ein misstrauisch gewordenes Kind endlich wieder einem Menschen Vertrauen schenken könnte. Was dann? Sophie hört auf zu denken und schreibt ihren Brief.

OTTO LIEST WEITER im Bericht seines Vorgängers. Die Passagiere sind im grossen Ganzen gesund. Aber es ist nicht das Medizinische, was ihn hier interessiert. Hochinteressant ist es ihm hingegen, dass von Eis die Rede ist. Mitten im Juni auf einer geographischen Breite, auf der man nicht nur weisse Nächte, sondern auch einen Sommer erwarten kann, fährt das Schiff durch Eisschollen, die dicht beieinanderliegen; fährt es langsamer und langsamer, bis es nicht mehr weiterkommt und einen grossen Bogen machen muss, um einen Weg zu finden. So beschreibt sein Vorgänger, was er sieht: *Eis, in Schollen zerbrochen. Nicht weiss, nicht grau. Da und dort sieht man rote Flecken auf dem schmutzigen Grund. Das sind Algen, die man Blutschnee nennt: Blut, das nicht verkrustet. Schnee, der nicht schmilzt. Stellenweise sind die Scherben von Wasser bedeckt. In den Tümpeln, die das Eis überspülen, spiegelt sich der Himmel. Unser Schiff geht gegenläufig zum Fluss dieser Bilder und drängt sie zur Seite. Bald sacht, man hört ein Klirren. Bald in entschiedenem Stoss. Die weggestossenen Stücke stossen an andere Stücke. Die ihrerseits scheren aus auf diese, auf jene Seite. Stossen an, geben Anstoss, bis etwas geschieht, das die immer weiter um sich greifende Bewegung der Trümmer stört. Zum Beispiel ein Zusammenstoss mit einem der grösseren Klötze, die dem sommerlichen Tauwetter so lang getrotzt haben, dass sie sich wohl in den nächsten Winter hinüberretten werden. Überrest und Keimzelle zugleich …* Und hier stösst der Bericht des Vorgängers an etwas an, das Otto selber gesehen hat; anderswo, als er mit einem andern Schiff im Eis unterwegs war. Es war hoch im Norden, in einer Nacht, in der die Sonne nicht unterging. Das Eis zersplitterte vor dem Bug des Schiffs, brach in Schollen auseinander, die sich hinter dem Schiff gleich wieder zur scheinbar unversehrten Schicht zusammenschlossen, erinnert sich Otto. Da war ich sehr glücklich, erinnert er sich.

Die Verrückte, sagt die Sprechstundenhilfe. Hat sie einen Termin? fragt Otto. Nein, sagt die Hilfe. Soll sie warten, sagt Otto und tut, als ob er glaube, dass er trotz der Störung weiterlesen könne. Er will nicht gestört werden. Will vor allem nicht gestört werden, wenn er sich für einmal daran erinnern kann, dass es eine Zeit gab, in der er glücklich war. Aber was immer er will oder nicht will: Mit dem Glück ist es vorbei. Jetzt, weil er, zur Pflicht gerufen, nicht bei seiner Erinnerung bleiben kann. Und dann auch, weil es fraglich ist, ob ihm der nächste Sommer wieder dieses Glück bringen wird. Wo er ein anderer geworden ist seither. Und der Ort ist ein anderer. Und vor allem die Umstände. Auch hat er immer noch keinen Bescheid von der Reederei; ob wirklich etwas aus dem Abenteuer wird, auf das er hofft, oder ob dann doch alles flach fällt. Wie eigentlich alles, was … Ich will zu ihm! schreit es draussen im Flur. Die Hilfe beschwichtigt. Das hilft nichts. Die Tür geht auf. Theres stürzt herein und sagt: Mein Kopf ist kaputt. Wie meinen Sie das? fragt Otto. Hier! sagt Theres und zeigt auf die vernarbte Wunde. Hier und hier und hier, sagt sie und zeigt auf die Schläfe, auf die Stirn und auf den Scheitel. Tut es weh? fragt Otto. Ja, sagt Theres. Nein, sagt sie. Und dann: Irgendwie tut es weh. Beim Denken. Woran denken Sie denn? fragt Otto. An ihn, sagt Theres. Aha, denkt Otto und fragt sie in schlichter Unaufrichtigkeit, von wem sie denn rede? Sie wissen genau, sagt Theres. Der, der mich umgeworfen hat mit seinem Blick. Der, der schuld war an meinem Unfall, der schuld ist an meinem Unglück. Von meinem Nachbarn rede ich … Sind Sie ihm denn wieder begegnet? fragt Otto, denn es ist seine Pflicht, die Patientin möglichst zur Vernunft zu bringen. Und wenn ihm das nicht gelingt, muss er sie auch jetzt wieder zur Beobachtung in die Klinik einweisen; ob sie will oder nicht … Nein! schreit Theres. Das ist es ja. Er kommt nicht mehr zurück. Es brennt kein Licht in seiner Wohnung. Es steht ein Fenster offen … Das ist ein Fall für die Polizei, sagt Otto. Die glaubt mir nicht, sagt Theres. Die sagt, dass mein Nachbar kommen und gehen kann, wie er will, und mir kann das egal sein. Recht hat sie, denkt Otto, der sonst nicht immer einig ist mit der Polizei und sagt: Zurück zu Ihrem Kopfweh … Der Nachbar ist das Kopfweh! klagt Theres. Ich will ein Mittel dagegen. Ich will, dass ich wieder schlafen kann, dass er mich in Ruhe lässt, dass ich nicht mehr immer an ihn denken muss. Was er macht und ob er noch lebt oder ob er vielleicht zu der aus dem Buchladen gezogen ist und … Das ist nicht Ihr Problem, sagt Otto zu der ihm mehr und mehr missliebigen Frau und läutet der Hilfe, die, geübt in solchen Dingen, die widerspenstige Patientin aus dem Sprechzimmer hinauskomplimentiert und verabschiedet. Otto holt den nächsten Patienten aus dem Wartezimmer. Das ist ein kleines Mädchen, das beim Fussballspielen den Arm verrenkt hat. Ein vernünftiges Problem, ein vernünftiger kleiner Mensch, der bei der Untersuchung so sehr auf die Zähne beisst, dass es knirscht. Heul doch los! sagt Otto. Es tut doch sicher sehr weh. Ich darf nicht, sagt das Mädchen. Ich bin ein Mann.

Wie Theres nachhause kommt, muss sie sich zuerst einmal davon erholen, dass sie im klinischen Sinn nicht krank ist und somit, streng genommen, auf Erholung gar keinen Anspruch hat. Der Arzt hat ihr nicht richtig zugehört. Weil er Hintergedanken hat, denkt sie. Und dass man die nicht sehen kann, weil er immer etwas vorschiebt, was er eigentlich nicht meint. Wenn sie nur nicht immer an ihn denken müsste. Nicht an den Arzt. Sondern an ihren Nachbarn. Wo er ist. Ob er manchmal an sie denkt. Ob sie doch noch einmal zur Polizei gehen, eine Vermisstmeldung aufgeben soll? Wo man ihr noch einmal sagen wird, dass sie dazu kein Recht hat. Nur wenn sie seine Schwester wäre, seine Frau … Aus diesen Gedanken wird sie aufgestört durch Schritte im Treppenhaus, die langsam näher kommen. Sie eilt zur Tür. Drückt ihr Auge an den Spion. Sieht zunächst nichts. Und dann zeigt es sich, dass es eine Frau ist. Die vom Buchladen. Die jetzt an der Tür gegenüber klingelt. Wartet. Das Ohr an die Tür legt. Zurücktritt. Anklopft. Wartet. Noch einmal klingelt. Mit der Faust an die Tür schlägt und schliesslich einen Brief aus der Tasche nimmt, sich bückt und versucht, die Botschaft unter der Tür hindurchzuschieben. Fast ist es so weit. Ist der Brief drin. Aber da zieht sie den weissen Umschlag wieder zurück. Richtet sich auf. Überlegt. Zögert. Zerreisst dann den Brief, stopft die Fetzen in die Tasche und geht. Noch langsamer, als sie gekommen ist, steigt sie die Treppe hinab. Und dann quer über den Hof zum Ausgang, wo sie schon beinahe angekommen ist, wie ihr etwas auf den Kopf fällt. Ihr weh tut. Sie mit Erde überschüttet. Zu Boden fällt und zerbricht: Das war ein Blumentopf. Theres steht oben am offenen Fenster und lacht. Sie hat da einen

Treffer erzielt, der sie freut. Wobei ihr freilich lieber gewesen wäre, die vom Buchladen hätte in die Höhe geblickt. Wäre wütend geworden. Hätte die Faust erhoben. Geschrieen. Kurz, sich aufgeführt, wie sich jemand aufzuführen pflegt, wenn man mit Blumentöpfen nach ihm wirft, sie ihm auf den Kopf wirft. Statt einfach sich an den Kopf zu greifen, die Erde vom Mantel zu wischen und weiterzugehen, als ob nichts gewesen wäre.

Als ob nichts gewesen wäre, geht Sophie weiter, ist auch schon auf der Strasse und hat fürs Erste nur die Sorge, dass sie die Fetzen des Briefs loswerden muss. Und damit auch alles, was damit zusammenhängt. Ein für alle Mal. Das lässt sich beim nächsten der aus durchsichtigen Säcken bestehenden Abfalleimern auch gleich erledigen, mindestens was den praktischen Teil betrifft. Sorgfältig achtet sie darauf, dass man von aussen nicht lesen kann, was sie geschrieben hat. Damit nicht am Ende die Botschaft doch noch ankommt. Und jetzt hat sie ausserdem das Problem, dass sie wieder einmal zu spät zur Arbeit kommen wird und nicht weiss, was sie ihrem Chef und Onkel sagen soll, wenn er wissen will, warum. Wo doch die Kinder weg sind, die sie manchmal aufhalten, weil sie die Schulsachen nicht finden. Oder krank sind. Oder auch nur widerwillig allem gegenüber, was aussieht wie ein Muss. Sie sind gut in New York angekommen, hat ihr Alex per SMS mitgeteilt. In New York sind sie jetzt also, die Kinder. Da waren sie noch nie. Da würde sie auch gern wieder hingehen, lieber als nach Ochotsk, denkt sie und will die Ladentür aufschliessen. Die aber schon offen ist. Von innen geöffnet von ihrem Chef und Onkel, der früher als sonst aus seiner Wohnung durch die Hintertür in den Laden gekommen und jetzt damit beschäftig ist, die Regale aufzufüllen, Titel fürs Weihnachtsgeschäft ins beste Licht zu rücken. Woher so spät? fragt er sie. So hat der Lehrer gefragt, wenn sie als Kind zu spät kam, erinnert sich Sophie und wird bockig. Privatangelegenheit, sagt sie. Nun, wenn ich dir da einen Rat geben darf … fängt ihr Chef und Onkel an. Worauf sie schreit: Nein! nein! Nur das nicht. Und er: Dann sag ich halt nichts, sagt er. Nur dass du dich in Ordnung bringen musst, bevor du zu arbeiten anfängst. Du hast Erde in den Haaren. Ach ja? fragt sie, greift sich an den Kopf, stösst auf eine Beule, betrachtet die blutigen Finger und fängt an zu weinen. Zieh den Mantel aus, sagt der Chef und Onkel. Setz dich, sagt er. Was sie tut. Zuerst das eine. Dann das andere. Worauf sie weiterweint. Heult. Er gibt ihr zuerst sein Taschentuch und bringt ihr dann nach einer kleinen Weile einen Kaffee. Und jetzt schiess los, sagt er, nachdem sie den Kaffee getrunken, das Gesicht abgewischt und sich beruhigt hat. Ist es der Kerl? Ja, sagt sie. Nein. Es ist, weil ich ihn nicht mehr will. Weil er verschwunden ist, und ich kann ihn nicht finden. Ich muss ihn finden, weil ich ihm sagen will, dass ich ihn nicht mehr will. Oder … Mindestens nicht, wenn es so weitergeht wie bisher. Wie geht es denn? fragt für einmal eher der Onkel als der Chef. Es geht nicht, sagt sie. Will er nicht? will der Onkel wissen. Er kann nicht wollen, sagt Sophie. Sehr leise. Das habe ich schon ganz am Anfang bemerkt. Aber nicht geglaubt. Das ist's … Es klingelt. Ein Kunde, sagt der Chef. Aha, dein anderer Verehrer, sagt er, wie er Otto sieht. Der tritt vor Sophie hin wie einer, der weiss, was er will. Ich möchte gern … sagt er. Der Chef und Onkel zieht sich zurück.

Roberts alias Mischa Perms alias Roberts Woche im Hotel ist um. Wie er für die nächste Woche bezahlen will, sagt ihm der am Empfang, dass kein Zimmer frei ist. Das Hotel ist doch nicht voll, wundert sich Robert. Nun, wenn Sie es deutlicher haben müssen: Wir können Ihren Anblick unseren Gästen nicht zumuten. Man hat sich beschwert … Ich bin doch sauber, unterbricht ihn Robert. Kann bezahlen. Es ist, weil Sie niemandem in die Augen schauen, sagt der beim Empfang. Als ob er sogar das Atmen vergessen hätte, steht er da, sitzt er in der Bar, hat einer unserer Gäste gesagt. Ein anderer … Ich verstehe, sagt Robert. Es ist, weil ich bin, wie ich bin. Geht in sein Zimmer, packt seine Tasche und macht sich davon. Wie er, gebannt im Zweifel, ob er sich nach links oder nach rechts wenden solle, vor dem Hotel steht, bemerkt er, dass es regnet. Und dass er seinen Regenmantel vergessen hat. Noch einmal zurück, reden, erklären, um den Schlüssel bitten und so fort? Was soll's, sagt er und geht weiter. Zum nächsten Hotel. Etwas abseits vom Fluss, aber doch so nah, dass er diese seine Lebenslinie nicht lange suchen muss, wenn er sie braucht. Wie er nach einem Zimmer fragt, fragt ihn der beim Empfang, ob er Geld habe. Ich zahle für eine Woche im Voraus, sagt Robert. Wie wollen Sie zahlen? fragt der beim Empfang. Bar, sagt Robert. Sie haben Geld, und einen Mantel haben Sie nicht? Bei dem Wetter, sagt der beim Empfang. Wenn es Sie stört, dass ich keinen habe, werde ich mir einen kaufen müssen, sagt Robert. Das Gepäck lasse ich inzwischen hier, sagt er und geht sich keinen Mantel kaufen, sondern eine rote Jacke. Wetterfest. Mit Kapuze: Auf dem Ärmel ist schwarz auf weissem Schild die Spur einer Wolfspfote abgebildet. Zwecks Erregung von Abenteuerlust: Eine solche Jacke trug ich in Sibirien, erinnert sich Robert. Rot, damit man mich finden konnte, wenn ich verloren ging, erinnert er sich und hätte sich auch gleich wieder in seinen Erinnerungen verloren, wenn ihn nicht der beim Empfang mit der Begrüssung: So ist's besser! erst richtig in Empfang genommen und ihm sein Zimmer angewiesen hätte. Das hat Ausblick auf eine belebte Strasse. Das gefällt Robert. So hat er das Leben gern: lautlos. Hinter Glas. Er zieht seine Jacke aus, legt sie aufs Bett, stellt sich ans Fenster und schaut, was draussen los ist. Wie er es überall tut, wo er ein Fenster hat. Was nicht selbstverständlich ist. Dass man ein Fenster hat. Wochenlang hat Robert in Sibirien in einer Hütte gewohnt, in der es nur eine Tür gab und eine Klappe zum Lüften. Und dazu noch den Abzug für den Rauch. Das hat ihm ganz gut gepasst. Hat besser zum ihm gepasst, als die meisten anderen Wohnungen, die er je hatte. Wo er auch sonst so oft fensterlos wohnt. Nicht in einer Hütte, sondern in sich selbst.

Eben noch rechtzeitig schafft er den Sprung aus sich hinaus und stellt fest, dass es draussen beinahe schon finster ist. Es geht gegen vier Uhr nachmittags. Eins ums andere werden die Lichter angezündet. Im Schein der Strassenlampe sieht er, wie der Regen einem Mann gleich unter ihm auf den Hut und dem Hund, den er bei sich hat, auf den Pelz fällt. Ein nasser Hund riecht, wie nur ein nasser Hund riecht. So, dass man nicht weiss, ob man sich von ihm abwenden oder ein Handtuch nehmen und das arme Vieh abtrocknen soll. So war es, als er selber einen Hund hatte. Oder eigentlich hatte er keinen, sondern sich nur einen gewünscht. Zum siebten Geburtstag. Den er dann nie bekam. Aber es war doch sein Hund. Der hiess Hund. Denn das war er. Hund also: Sein Fell war weiss. So weiss, wie es nur bei Hunden ist, die ihr Leben lang Wunschhunde bleiben und darum auch nie in die Lage kommen, dass sie sich schmutzig machen. Wie Robert, für einmal entschlossen, auf der Oberfläche seiner selbst zu bleiben, wieder auf die Strasse hinabblickt, ist der Mann mit dem Hund weitergegangen. Die Passanten haben es eilig, bedrängen sich mit Regenschirmen, die aneinander anstossen, sich übereinanderschieben; sich zu einem bunt gescheckten Dach zusammenfügen, das da auseinanderbricht, dort sich in die Höhe wölbt. Und nun fährt ein Lieferwagen durch das Dickicht der Passanten hindurch, so nah wie möglich zum Obstladen auf der anderen Strassenseite. Die Regenschirme werden links, rechts zur Seite gedrängt. Der Lieferwagen kommt zum Stillstand. Der Fahrer steigt aus. Fällt beim Ausladen beinahe über ein Kind, das im Weg steht, und lässt im Versuch, das drohende Unglück zu vermeiden, eine Kiste mit Orangen fallen. Das Kind heult. Es ist ihm zwar nichts geschehen. Aber das Heulen muss sein. Seine Mutter gibt ihm eine Orange. Und da kommen auch schon von überallher Leute gerannt, die helfen oder sich zu einem Gratisnachtisch verhelfen wollen. Einer nimmt sich fünf Stück und fängt an zu jonglieren. Die Bälle sind schwer. Wie er sie aber kreisen lässt, höher und höher über seinem Kopf, sind sie schwerelos geworden. Wenn auch nur scheinbar.

Scheinbar. Aber das ist genau das, worum es geht; wo immer man den Versuch macht, sich auf etwas einzulassen. Dass man so tun kann als ob, sagt Robert zu niemandem und bekommt Lust, mit dem Jongleur einen Schnaps zu trinken. Er zieht seine Jacke an. Sie gefällt ihm, und er gefällt sich in ihr, stellt er fest, als er sich im Spiegel besichtigt. Das ist ihm schon lang nicht mehr geschehen, dass er an seiner Erscheinung Wohlgefallen hatte. Dass er glaubt, sich zum Vorteil verändert zu haben. Aber ob zum Vorteil oder zum Nachteil: So oder so ist er nicht mehr der, der er war. Dem entgeht keiner, dass er vergeht. Dass die Verwesung näher und näher kommt. Dass das Kind, das man in sich hat, stirbt. Er erinnert sich daran, wie ihm zu Mute war, als er einmal zu Weihnachten eine rote Jacke bekam und sich weigerte, sie anzuziehen, weil sie zu schön war. Wie Robert auf der Strasse ankommt, ist das eben noch heulende Kind damit beschäftigt, seine Orange zu essen. Beim Schälen hat es sich Finger und Gesicht verschmiert. Nicht zum Vergnügen der Mutter. Das Kind sitzt im Regen und strahlt. Der Jongleur macht mit seiner Mütze die Runde und sammelt Geld. Sind Sie vom Zirkus? fragt ihn einer. Nein, ich bin nicht vom Zirkus, sagt der. Aber ich habe Fähigkeiten. Ich kann auch den Feuerschlucker und den Schlangenmenschen, wenn ich will. Was er nicht will, ist die Rolle des Delinquenten, von dem der Obsthändler jetzt in harschen Worten seinen Besitz zurückfordert. Bitte, sagt da aber der Mann, der kann, was er will, und was er nicht will, lässt er sich nicht gefallen: Ich bin kein Dieb, sagt er und gibt die Früchte zurück. Gehen wir einen trinken. Ich lade dich ein, sagt Robert zu ihm. Bekommt aber eine Abfuhr.

Keine Zeit, ich muss arbeiten, sagt der Gelegenheitsartist und läuft ohne Hut, ohne Mantel, ohne Regenschirm über die Strasse zum Park hinüber. Was er wohl dort so dringend zu tun hat? fragt sich Robert und denkt sich ihm hinterher in die triefende Nacht hinein; an den schwarzen Eiben vorbei, zwischen den nassen Sträuchern hindurch. Er ist froh, dass er es besser hat. Ist nicht froh, dass er es besser hat. Wo er doch ein schlechtes Gewissen haben muss, weil er es besser hat. Wo er das ja keineswegs verdient hat. Oder eben irgendwie doch. Oder doch nicht, wo er schon so lange nichts mehr getan hat, das auch nur annähernd den Namen Arbeit verdient. Besser ist es nicht, wenn man es besser hat. Aber bequemer, sagt sich Robert. Geht ins Hotel zurück, hängt seine rote Jacke zum Trocknen über die Badewanne und macht es sich bequem. Springt wieder auf, zieht die nasse Jacke an und geht von neuem hinaus. Der Regen hat nachgelassen. Robert geht zum Fluss. Heute schon zum zweiten Mal. Geht bis zur Mitte der Brücke und schaut hinab ins reissende Wasser. Ein Lastkahn kommt unter der Brücke hervor, fährt flussabwärts. Wenn ich aufs Schiff springen, als blinder Passagier mitfahren würde? fällt Robert ein. Oder ich kann auch bezahlen, wenn es sein muss. Aber da hat er die Gelegenheit bereits versäumt. Ein anderes Mal, nimmt er sich vor.

Im Gedanken, dass die Kinder jetzt mit Jeff im Christbaumwald ihren Christbaum holen, während Jennifer wohl schon bald den Truthahn in den Ofen schiebt, tritt Sophie am heiligen Abend auf die Strasse hinaus. Es wird schon finster. Im unsicheren Licht sieht sie einen Mann im

Regenmantel, der eben um die Ecke verschwindet: Ist das nicht Robert? fragt sie sich. Möchte, müsste ich ihm nicht nachgehen? Ihn fragen, wie es ihm geht, ob es geht, wohin er geht? Was sie zwar nichts mehr angeht; jetzt, wo sie mit ihm fertig ist. Was er freilich noch nicht weiss. Was sie ihm längst hätte sagen müssen … sagen muss, und zwar gleich, damit er weiss, woran er ist … Damit er mindestens in Sachen Sophie weiss, woran er ist. Er, der so gar keine Ahnung hat, woran er ist mit sich und wo es mit ihm hinwill. Sophie geht dem im Regenmantel nach. Er geht so schnell, wie sie Robert nie hat gehen sehen. Woher ihm wohl der frische Wind gekommen ist? Der zielbewusste Schritt? Wie sie ihn beinahe eingeholt hat, ruft sie … kann sie ausser Atem eben noch rufen: Robert! Warte auf mich! Er reagiert nicht. Will nichts von ihr wissen. Was kein Wunder ist, so, wie sie ihn behandelt hat. Was erst recht kein Wunder ist, wo es gar nicht Robert ist, dem sie nachgeht, sondern ein anderer, der ihm auch von hinten nicht im Geringsten ähnlich sieht. Wenn man vom Regenmantel absieht. Der Mann dreht sich um und wundert sich, wie er die Frau sieht, die auf ihn zustürzt. Ausser Atem. Ausser sich: Verzeihung! stottert sie, wie sie erkennt, dass sie den, dem sie beinahe auf die Füsse tritt, so nah ist sie, noch nie im Leben gesehen hat. Bitte! sagt der im Regenmantel. Ich bitte Sie! sagt er, weicht ihr aus und geht weiter. Zielbewusst. Rascher als zuvor. Sophie hat eben noch gesehen, dass auch der Regenmantel nicht der richtige ist. Es fehlt der Riss am Ärmel. Sophie ist wütend. Auf sich selbst. Schämt sich. Dass Robert inzwischen aus dem im Regenmantel in den mit der roten Jacke umgestiegen ist, weiss sie nicht. Wird also all die roten Jacken, die mehr oder weniger stolz auf sich selbst in der Stadt herumgehen, nicht beachten, fixiert wie sie ist auf den Robert, wie sie ihn kennt. Wie sie meint, dass sie ihn kennt. Wenn ich doch nur zuhause geblieben wäre, sagt sie sich; im Trockenen, an der Wärme, statt herumzulaufen auf der Suche nach allem, was mir fehlt, und weiss doch nicht, wohin.

Ohne zu wissen, wohin es sie zieht, dass es sie zieht, geht Sophie ihren gewohnten Weg. Steht auch schon vor der Buchhandlung. Wo die Tür offen steht. Der Kälte zum Trotz. Aber es brennt kein Licht. Sophie geht hinein, um nachzusehen, was da nicht stimmt. Im Dämmerlicht sieht sie, dass ihr Chef und Onkel noch hier ist. Er sitzt in seinem Sessel über einem Buch. Sophie wundert sich, dass er nicht friert. Wo ihm doch fast immer kalt ist; beim geringsten Luftzug, und jetzt bei offner Tür … Er rührt sich nicht. Scheint zu schlafen. Sophie geht eine Decke holen. Wie sie wieder bei ihm ist und ihm die Decke über die Knie legt, sieht sie, dass er die Augen offen hat. Dass er sie anblickt und etwas sagen möchte. Dass ihm Angst im Gesicht steht. Dass er schwer atmet. Sie erschrickt. Versucht, sich bemerkbar zu machen, indem sie zuerst leise, dann lauter zu ihm spricht. Da gleitet er vom Sessel auf den Boden, das Buch fällt ihm aus der Hand. Machen Sie Platz, sagt einer, der eben zur Tür hereingekommen ist. Ich bin Arzt, sagt er, öffnet dem alten Mann den Kragen, den Gürtel und ruft die Ambulanz. Es wird schon gut gehen, sagt er zu Sophie. Keine Angst, sagt er zu ihr, die noch kein Wort gesagt hat, seit er hier ist, und fragt, ob sie dem alten Herrn nahe stehe. Mein Chef, mein Onkel, sagt sie. Kommen Sie mit, sagt der Arzt, wie nun endlich die Ambulanz vorfährt. Otto! sagt sie. Laut. Was für ein Glück, dass der da ist, sagt sie sich selber. Laut. Sie meinen wohl meinen Kollegen von nebenan, sagt der Arzt. Mein Name ist ... Luft! sagt da der Patient. Sauerstoff? fragt einer der Helfer. Sauerstoff! sagt der Arzt, wie nun der Patient eingeladen, zugedeckt und angeschnallt wird. Rasch! sagt er. Der Helfer reicht ihm die Kanüle. Der Arzt steckt dem Patienten den Schlauch in die Nase. Setzt sich neben ihn. Lässt ihn nicht aus den Augen: Steigen Sie ein! sagt er zu Sophie. Sophie steigt ein. Setzt sich, wo neben dem Schragen noch Platz ist. Nimmt den Onkel bei der Hand. Bekommt von ihm ein Zeichen, dass er sie kennt. Ein Zeichen, dass es sich zum Besseren wendet, sagt der Arzt, füllt ein Formular aus und gibt es dem Helfer. Klarer Fall, sagt er ihm. Alles klar, sagt der Helfer. Die Ambulanz hält an. Wir sind im Spital, alles Gute, sagt der Arzt und geht.

Wir haben den Christbaum geholt, schreibt Alex. Er ist so hoch wie Jeff. Sophie sitzt am Küchentisch und schaut die SMS an, die ihr ihre Kinder geschrieben haben. Ich weiss ein Geheimnis, ist die Botschaft von Alice. Geheimnistuerei, ist Sophies Kommentar. Womit freilich die Neugier, die sie hinterrücks überfallen hat, nicht vom Tisch ist. Und dann: Zum Essen gab es einen Truthahn. Der hatte Kastanien im Bauch, schreibt Alex. Alice hat eine Pelzkappe bekommen. Mit einem Waschbärschwanz hinten angehängt. Jeff hat einen Waschbären geschossen. Von dem hat er mir eine Mütze machen lassen, schreibt Alice. Alex hat ein Gewehr. Es schiesst nicht, aber man kann mit ihm Zielen üben. Im

Sommer nimmt mich Jeff nach Alaska mit. Alice kann Jennifer mit dem Baby helfen, schreibt Alex. Es kommt in einem Monat auf die Welt. Und Alice: Blöd, dass Alex das Geheimnis ausgeplaudert hat. Ich will auch lieber nach Alaska, als auf das Baby aufpassen. Bis dann ist das Baby so gross, dass es mitkommen kann, sagt Jennifer, schreibt Alex. Sie will auch mit. Ich möchte lieber, dass der Haushalt zuhause bleibt. Ich auch, schreibt Alice. Aber warum schreibst du nicht? Was hast du gemacht an Weihnachten? fragt sie. Bist du krank? will Alex wissen. Gib Antwort! Jetzt! Immerhin, sagt Sophie vor sich hin. Sie machen sich Sorgen. Trotz dem Baby, das schon beinahe da ist. Soll ich sie noch ein wenig zappeln lassen? Da kommt schon wieder eine Nachricht. Diesmal von Jeff: Wir machen uns Sorgen, steht da. Gib bitte Bescheid. Mein Onkel ist krank, schreibt sie zurück. Das Herz. Er wurde mit der Ambulanz gerade noch rechtzeitig ins Spital gebracht. Jetzt ist er über den Berg, schreibt sie und dann noch, dass sie die Weihnachtstage im Spital verbracht hat; am Bett des Onkels und nachts auf einem Notbett in seinem Zimmer. Weil er Angst hatte, allein zu bleiben. Weihnachten im Spital? wollen die Kinder wissen. Wie war das? Es gingen Engel durch die Gänge und sangen Weihnachtslieder, schreibt Sophie. Sie hatten goldene Reifen im Haar. Sie trugen weisse Hosen, weisse Kittel. Ihre Flügel waren aus Pappe. An den Füssen hatten sie Clogs. Auf jeder Etage stand ein Weihnachtsbaum. Ein echter. Mit elektrischen Kerzen, weissen Kugeln und Silberfäden. Wovor hatte der Onkel Angst? will Alex wissen, der als Erster antwortet. Vor dem Tod, antwortet Sophie. Tut der Tod weh? schaltet sich Alice ein. Und Alex: Quatsch.

Wenn man einmal tot ist, tut nichts mehr weh. Ich meine, wenn einem der Tod grad geschieht, schreibt Alice. Ob das weh tut. Der Onkel hatte starke Schmerzen, antwortet ihr Sophie. Wenn es zu schlimm wurde, bekam er eine Spritze. Da schlief er immer gleich ein. Da sah er manchmal aus wie tot. Als er erwachte und merkte, dass es ihm besser ging, sagte er mir: Ich war tot. Das war sehr schön, hat er gesagt, schreibt Sophie ihren Kindern. Was er sonst noch sagte, behält sie für sich: Als ich tot war, sah ich hoch oben einen Vogel fliegen, den die, die an meinem Bett sassen, nicht sehen konnten, hat er ihr erzählt. Er zog weite Kreise und senkte sich zu mir herab, hat er ihr erzählt. Ein grosser Vogel … Eine Nebelkrähe vielleicht, wie die, die im Winter zu uns zu Besuch kommen; die, die vor dem Kunstmuseum zwischen den Büschen hin- und hergehen. Nachdem die, die am Bett sassen, weggegangen waren, setzte sich der Vogel auf meine ausgestreckte Hand. Er fing an zu sprechen. Was er sagte, verstand ich nicht. Aber ich wusste, was es heissen sollte, sagte er. Verstummte. Schaute in die Höhe. Sophie verstand. Fragte nicht, was sie hatte fragen wollen. Wollte nicht mit Fragen platt schlagen, was nun mit einem Mal rund um den Onkel, unsichtbar für sie, in Frage stand: jeder einzelne Tag seines Lebens. Dass vielleicht alles ganz anders gewesen war, als es ihm bisher schien.

Otto stürmt die Buchhandlung und begrüsst Sophie wie einer, der für einmal etwas zu sagen hat, was Sinn und Zweck hat. Dass sein Kollege von nebenan ihm von der Krankheit ihres Chefs erzählt habe, sagt er ihr. Dass es ihm wieder besser gehe. Dass er aber immer noch im Spital sei, und bis er wieder hier im Laden stehe, könne es Wochen dauern. Das alles ist Sophie nicht neu. Hier sind die Bücher, die Sie bestellt haben, sagt Sophie und legt einen Stapel verschieden grosser Bände vor ihn hin; vom Russischkurs über Reiseberichte bis zu einem Werk über Moose und Flechten. Moose und Flechten! sagt Otto. Und dass es von denen in Sibirien besonders winzige, besonders grüne, besonders viele ganz besondere geben soll. Über weite Strecken hinweg nichts als Moose, Flechten. Dann und wann ein Sumpf mit Wollgras. Ja, meinem Onkel geht es besser, bestätigt Sophie. Und teilt Otto überflüssigerweise, denn auch das hat ihm der Kollege bereits erzählt, auch noch mit, dass sie im Halbdunkel ihrer Verwirrung zuerst geglaubt habe, er sei derjenige gewesen, welcher ihrem Onkel zu Hilfe gekommen sei; gerade noch rechtzeitig. Leider nicht, sagt Otto. Wie gern hätte ich Ihnen … Was interessiert Sie denn an den Moosen und Flechten? fragt Sophie. Das will sie zwar auch nicht wissen, aber doch noch lieber, als was er gern für sie getan hätte; nicht aus Nächstenliebe, sondern zwecks Förderung einer Bekanntschaft, an der ihr nicht das Geringste liegt. Oder doch? Otto, indem er einlenkt und auch schon wieder ausschert: Das sage ich Ihnen mit Vergnügen. Wenn ich es sagen kann. Aber nicht hier, sagt er. Und dann, entschieden: Könnten wir nicht … Was denn? fragt Sophie. Nur nicht ihn ausreden lassen, denkt sie. Ich muss ihm nicht dankbar sein. Er hat nichts für mich getan. Es ist Silvester, was haben Sie vor? fragt Otto. Nichts weiter, sagt Sophie. Nachhause gehen, wenn es Zeit ist, und schlafen, sagt sie und denkt, wenn er jetzt nicht aufgibt, hat er mich, wo er mich will. In der Bar, im Bett. Und ich will doch nicht, denkt sie. Will nicht mit ihm, will nicht allein sein, will überhaupt nicht, nirgendwo hinwill ich, denkt sie und fragt ihn dann, ob er sich nicht setzen wolle? Hier auf den Sessel, sagt sie und setzt sich auf das Sofa, das daneben steht. Springt wieder auf, holt eine angebrochene Flasche Rotwein unter dem Ladentisch hervor, dazu noch zwei Gläser. Schenkt ein, setzt sich, trinkt ihm zu und er ihr: Was interessiert dich an den Moosen und Flechten? fragt sie noch einmal. Sehr aufmerksam. Und er, ein Du jetzt, sagt: Dass sie wachsen, wo sonst nichts wächst. Dass ein gelber Hauch von Flechten über einem Felsen so alt sein kann wie ein Wald, und wer ihn zertritt, zerstört ein jahre-, jahrzehnte-, jahrhundertelanges Wachstum.

Ein gutes neues Jahr wünschen ihr die Kinder, stellt Sophie fest, wie sie spät am Neujahrstag nachschaut, ob Nachrichten da sind. Was hast du gemacht? wollen sie wissen. Wir haben ein Feuerwerk abgebrannt, erzählt Alice: Traumsterne, Eisfontänen, Vulkane, Feuerräder. Alex hat sich die Finger verbrannt. Steck die Hand in den Schnee! hat ihm Jennifer zugerufen. Das hat er getan. Es hat geholfen. Jetzt hat er einen Verband. Wenn wir jetzt Schule hätten, könnte er nicht schreiben. Bis wir wieder nachhause kommen, ist es wieder gut, weiss Alice, die immer noch fast alles weiss. Wenn nur nicht dieses Alles, das man wissen kann oder muss, immer mehr würde. In einer Woche sind sie wieder hier, sagt sich Sophie. Bis dann … sagt sie sich. Will weiterfahren in ihrem Selbstgespräch. Stockt. Bis dann dauert es noch sieben Tage, führt sie ihren Satz zu Ende. Was zwar einen Schritt weiterführt, aber doch nichts sagt, als was schon gesagt ist. Bis dann, sagt sie noch einmal. Und sagt sich, dass sie mindestens bis dann Zeit hat, ungestört bei dem zu bleiben, was für sie Neuland ist. Damit meint sie nicht Sibirien. Auch nicht den neuen Anfang, den man so gern in dieser Jahreszeit zu bemühen pflegt. Sondern eher … Ja, was denn? Nicht nur von Flechten und Moosen hat Otto gestern Abend, gestern Nacht erzählt. Sondern auch von Vulkanen. Von denen gibt es viele dort, wo er im Sommer hinfährt. Hinfahren möchte, wenn man ihn nimmt. Einige rauchen. Oder grollen, hat er gesagt. Nicht nur von Vulkanen hat er gesprochen. Nicht nur von seiner Reise, sondern auch von sich selbst. Nicht sehr viel. Nichts davon, wie es dazu kam, dass er an diesem Abend aller Abende allein ist. Dieses und jenes aus seinem Beruf. Dass ihm von seinen Patienten die Kinder am liebsten sind. Dass er heute Nacht noch zu einem Jungen muss, der im Spital liegt. Nicht muss, sondern will. Dass der Junge ihm erzählt hat, dass er von einem Mann gelesen habe, der den Mut hatte, dem Tod ins Auge zu blicken. Dass das aber so nicht wahr sei. Denn der Tod habe keine Augen. Das könne jeder sehen, der einen Totenschädel anschaue. Wenn der Tod einem Menschen in die Augen blicken wolle, mache er das mit den Augen der Menschen, die ihm nahe stünden: Im Blick der Mutter hat er mich angeblickt, sagte der Junge. Im Blick der Pflegerinnen, der anderen Ärzte. Sie alle haben ihn im Blick, wenn sie mit mir reden. Sie haben Angst. Noch zwei Tage, sagen sie, wenn sie glauben, dass ich sie nicht höre. Nur die Kinder blicken als sich selber. Und du, hat er zu mir gesagt … Was er denn dem Jungen gesagt habe? hat Sophie wissen wollen, als Otto verstummte. Als ob er den Jungen immer noch sprechen höre. Ich sagte ihm, was ich auch mir selber in solchen Fällen sage: Dass ich keinen aufgebe, bevor er tot ist, sagt Otto. Das will ich ihm heute Nacht noch einmal sagen. Und dann bei ihm bleiben bis … Bis wann? fragt Sophie. Bis er einschläft, sagt Otto.

Otto sitzt in seiner Praxis und liest weiter im Bericht seines Vorgängers. Er hat sich schon ziemlich gut in die Pflichten des Schiffsarztes eingelebt. Weiss, was in Sachen Arbeit auf ihn zu kommt. Überraschend ist ihm aber jedes Mal, was sein Kollege von den Ausflügen an Land zu berichten hat. Da steht zum Beispiel: *Eine Düne trennt den Strand vom Hinterland. Sie ist steinig, steil. Es ist schwierig, Tritt zu fassen, vorwärtszukommen. Halbwegs auf dem unwegsamen Weg, noch ein paar Schritte weiter oben, schiebt sich unverhofft ein sattes Grün ins Bild. Und dann gibt sich auch gleich ein erster Einblick ins Innere Sibiriens …* liest er, wie seine Hilfe die Verrückte anmeldet. Es eilt nicht, sie ist zahm, sagt sie. Was Otto dazu veranlasst, zum ersten Mal die lästigste seiner Patientinnen ernst zu nehmen. Es ist so weit, sagt die. Ich möchte beobachtet werden, sagt sie, noch bevor sie die Tür hinter sich geschlossen hat. Setzen Sie sich, sagt Otto. Erzählen Sie. Ich bin verrückt, sagt Theres. Es ist so weit … Und, wie Otto sie fragend anblickt: Heute früh sah ich einen Regenmantel vor mir hergehen, sagt sie. Es war sein Regenmantel. Das müssen Sie mir glauben. Der hat nämlich einen Fleck links unten, fünf Zentimeter über dem Saum, und ausserdem einen Riss am Ärmel. Den sah ich erst, als ich den Mann überholte, um zu schauen, ob der Riss da sei. Der Riss war da. Es war also der Mantel … Was für ein Mantel? fragt Otto. Der meines Nachbarn natürlich, sagt Theres. Sie wissen doch. Robert heisst er. Aber es war ein anderer Mann drin. Ausgewechselt, sagt Theres. Vielleicht hat der andere den Mantel verwechselt? schlägt Otto vor. Den falschen vom Haken genommen in der Bar oder sonstwo? Kann sein, sagt Theres. Aber der andere war mein Nachbar. Auch wenn er es nicht war. Er kannte mich nicht. Er sprach eine Sprache, die ich nicht verstand. Hatte eine andere Nase. Andere Zähne … Na also, sagt Otto, dann war er es halt nicht und den Mantel hat er gestohlen. Theres hört nicht zu: Tief drin war er Robert, auch wenn er es nicht war, sagt sie, schreit sie schliesslich schon beinahe. Er schaute dem, der seinen Mantel trug, aus den Augen. Mit seinem ganzen Unglück, sagt sie und hört auf mit Reden. Plötzlich. Erschöpft. Es ist so weit, sagt Otto zur Hilfe, die ihm zu Hilfe kommt. Rufen Sie die Ambulanz, sagt er und nimmt das Telefon ab, das schon seit einer Weile klingelt. Er hat nichts zu sagen zu dem, was man ihm mitteilt. Ja, sagt er endlich. Die Eltern? Sind sie schon benachrichtigt? Ja, ich werde mit ihnen sprechen. Komme gleich, sagt er. Und dann, zu sich selbst: Wo der Junge noch so viel zu tun hatte im Leben … Das muss ich Sophie erzählen. Zuerst aber mit den Eltern reden, sagt er. Zieht seinen Mantel an und geht ins Spital.

Sophie geht die Kinder abholen. Sieht, wie das Flugzeug aus New York landet. Findet es seltsam, dass da in dieser Büchse ihre Kinder drin sind. Kennt sie kaum mehr, wie sie ihr endlich entgegenlaufen. Übernächtigt, jubelnd, aufgeregt, schwatzhaft, in neuen Kleidern fangen sie mit

Erzählen an, bevor sie noch die Wildlinge einen um den andern hat begrüssen und umarmen können. Reden von dem, was war, und von dem, was in Aussicht steht. Von den Tieren, die dort zum Haus kommen. Ganz nah heran, die Waschbären, Kaninchen, Rehe. Die dort nicht Rehe sind, sondern etwas anderes. Eher wie Hirsche, aber das auch nicht ganz. Von Jennifer und von Jeff berichten sie. Und vom Baby, das nächstens, wirklich allernächstens zur Welt kommt. Und dann, beide zugleich, und die eine fängt vorn an und der andere in der Mitte: Dass sie nach Alaska gehen im Sommer. Alle zusammen, mit einem Zelt. Auch das Baby. Dass das jetzt sicher ist … Sophie sagt nichts. Wenn nichts dazwischenkommt, sagt Alice. Dass sie dort Lachse fangen wollen. Und den Bären zuschauen. Die auch Lachse fangen. Wie der Strom endlich austrocknet, wie die Kinder ihre Mutter anschauen, um zu sehen, was sie wohl zu all dem sagen wird, sagt die vorerst gar nichts. Zuhause erzählt sie ihnen dann vom Jungen, der gestorben ist. Er war ein wenig älter als ihr, sagt sie. Er hatte keine Angst vor dem Tod. Aber er wollte vorher noch leben, gross werden, die Welt sehen. Das will ich auch, sagt Alice. Nicht nur nach Alaska will ich reisen. Sondern überallhin, wo ein Mensch hinkann. Auch auf den Mond? fragt Sophie. Weiss nicht, sagt Alice. Das hat sie sich noch nicht überlegt. Hat dir der Junge erzählt, wo er zuerst hinwollte … was ihm das Wichtigste war? fragt dann Alex. Ich habe ihn nicht gekannt, sagt Sophie. Und dann: Morgen kommt Otto zu Besuch. Der Junge war sein Patient. Den könnt ihr fragen. Wie die Kinder im Bett sind, fragt Alex Alice, ob sie wisse, wer dieser Otto sei? Das ist einer von den beiden aus der Bar, sagt

Alice. Der andere, sagt sie. Der, der nicht spinnt. Und Alex: Ist das wohl gut oder schlimm? Wegen Alaska? fragt Alice. Alex sagt: Überhaupt.

Ich habe Robert gesehen. In einer roten Jacke, sagt Sophie zu Otto, der in der Bar gewartet hat und sie freudig begrüsst. Bist du sicher? fragt Otto. Oh ja, sagt Sophie. Sein Rücken. Sein Gang. Und wenn er es war? fragt Otto. Was dann? Ich hätte ihm nachgehen müssen. Ihn fragen, wie es ihm geht. Sophie weiss nicht weiter. Er lebt also noch, sagt Otto. Das ist in seinem Fall schon viel. Willst du wirklich … Nein, sagt Sophie. Es ist eher, dass ich muss … Dich um ihn kümmern? fragt Otto. Warum? Weiss nicht, sagt Sophie. Oder es ist die Angst, dass er in den Fluss springt. Das ist nicht auszuschliessen, sagt Otto. Willst du, dass ich ihn in die Klinik einweise? Zum Schutz seiner selbst vor sich selber, wie man das nennt. Zu Theres? unterbricht ihn Sophie. Nur das nicht! Woher weisst du, dass Theres in der Klinik ist? fragt Otto. Ob er es ihr wohl gesagt hat? fragt er sich selber. Pflichtvergessen aus lauter Liebe; im Bedürfnis, sich wichtig zu machen. Sie hat mich angerufen. In die Buchhandlung, sagt Sophie. Ich bin seine Nachbarin, hat sie gesagt. Sie wissen von wem … Das heisst, ich war seine Nachbarin. Jetzt ist er weggezogen, hat sie gesagt. Ja? fragte ich. Und hoffte oder fürchtete, dass er wieder aufgetaucht sei. Aber das war es nicht. Schicken Sie mir doch bitte das Buch *Unterwegs nach Ochotsk*, hat Theres gesagt. Und dass sie in der Klinik sei. Sie hat mir die Adresse gegeben. Da war sie ganz klar. Sie schien mich zu kennen, sagt Sophie. Schien zu wissen, dass ich Roberts Freundin bin. Oder war

… Sie hat dich einmal gesehen, als du mit Robert in die Wohnung gingst, sagt Otto. Oder als ihr herauskamt. Durch den Spion. Aber, sagt er dann: Wollten wir nicht über deine Kinder sprechen? Ob du sie gehen lassen willst nach Alaska? Warum nicht? sagt Sophie im Ton einer echten Frage. Wenn ich nur wüsste, was ich dagegen sagen kann. Wo ich ihnen ja das Vergnügen gönne. Wenn nur nicht … Wenn nur was nicht? fragt Otto. Die Angst, sagt Sophie: Das Baby. Die neue Familie. Wo ihnen das alles fehlt, wenn sie bei mir sind. Und das Haus. Und die Tiere. Und dass sie dort zuhause sind, englisch sprechen können, ihren Vater haben. In der Kabine des Schiffsarztes gibt es zwei Kojen, lacht Otto. Willst du mit? Du auch noch! stöhnt Sophie. Schon Robert … Ich weiss, sagt Otto. Aber mir wäre es ernst. Wenn ich nur wüsste, ob man mich wirklich nimmt. Da, lies! sagt er und reicht ihr den Bericht des Kollegen hinüber. Den habe ich immer bei mir. *Zu Fuss durchs Wasser, über den Kies*, liest Sophie. *Ein Verhau von geschälten, vom langen Herumtreiben im Wasser geradezu polierten Bäumen versperrt den Weg; Stücke von Stämmen, aus denen in kümmerlichen Stummeln die abgebrochenen Äste herausragen …* Und so weiter, sagt Otto. Du kannst das Heft nachhause nehmen. Wenn du weisst, was du willst, sagst du mir Bescheid. Sophie lässt das Heft liegen. Geht.

BEVOR SICH OTTO DER POST ZUWENDET, die ihm die Hilfe auf den Tisch gelegt hat, liest er den Bericht des Vorgängers zu Ende. Stellt fest, dass der Kollege Ochotsk zwar in der Ferne gesehen hat, als sich für eine kleine Weile der Nebel lichtete. Aber hingekommen ist er nicht. Weil einer an Bord krank war, und er musste bei ihm bleiben: So geht's, sagt Otto. Ob mein Kollege arg enttäuscht war? fragt er sich und öffnet nach zwei drei belanglosen Sendungen den Brief der Reederei, den er schon seit langem erwartet hat. Man nimmt ihn nicht. Hat einen andern gefunden. Einen, der schon früher einmal dabei war. Der den Laden kennt. Die Seifenblase ist geplatzt, sagt sich Otto. Wundert sich, dass er das so gelassen hinnimmt. Und bemerkt, dass ihm der blosse Plan Ochotsk schon so viel gebracht hat, dass es ihm fürs Erste reicht. Sophie zum Beispiel. Obwohl er die streng genommen nicht hat. Noch nicht. Und: Dass sich in seinem Leben doch einiges ändern liesse, hat er entdeckt. Solange er nicht etwas will, was der Schwerkraft zuwiderläuft. Oder der Vernunft. Wie wäre es, wenn er Landarzt werden möchte? Es kommt ihm ein Dorf in den Karawanken in den Sinn, wo er einmal hinfuhr, als ihm nach Natur war. Die Berge; die Bäche, die von ihren steilen Flanken ins Tal herabstürzen. Sogar Bären gibt es dort. Und seltene Blumen. Wie in Sibirien. Nur anders. Ob die dort wohl einen Arzt brauchen? fragt er sich. Da geht die Tür auf. Polizei, meldet die Hilfe. Die brauchen einen Arzt. Schleunigst. Die beiden Männer haben einen aus dem Fluss gezogen, der vielleicht noch lebt. Sie legen ihn auf den Schragen. Er hat Schlamm in den Haaren. Er trieft. Regt sich nicht. Zu spät, sagt Otto, nachdem er sich um den Ertrunkenen bemüht hat; sehr viel länger, als seine Bemühungen noch Sinn und Zweck hatten. An mir liegt es nicht, dass der jetzt hat, was er will, denkt er. Wenn es nach mir gegangen wäre, hätte er weiterleben müssen bis zu seinem seligen Ende … bis zum nächsten, bis zum endlich erfolgreichen Versuch, sagt er sich. Und erfährt auch schon, dass es für einmal nicht so war, wie es in solchen Fällen meistens ist. Dass der Mann sich nicht umbringen wollte, sondern von einer Bande von Betrunkenen ins Wasser geworfen worden war. Zum Spass, habe die Frau gesagt, die von weitem dabei zugeschaut und die Polizei gerufen hatte. Als er dann mit seinem Kollegen dort angekommen sei, seien die Täter bereits weg gewesen, sagt der Polizist, der das Sprechen übernommen hat. Während der andere schweigt und aus der Innentasche der roten Jacke, die Otto dem Ertrunkenen ausgezogen hat, einen Ausweis herauszieht. Mischa Perm heisst er, sagt er dann. Das ist sein Bild … Ein altes Bild, sagt er noch. Der Mann hat sich verändert. Fast kennt man ihn nicht mehr. Das ist nicht Mischa Perm, sagt sich Otto. Nur schon die braunen Zähne. So schnell geht das nicht. Das ist nicht Mischa Perm, will Otto zu Protokoll geben. Sagen, dass er Mischa Perm kenne; dass der zwar ein Trinker, aber doch nicht in einem solchen Grad verkommen sei wie der auf dem Schragen. Und tut es dann doch nicht. Lieber nicht dran rühren, sagt er sich. Wo Robert ohnehin immer darauf bestanden hat, dass Mischa Perm tot sei. Wo er nur noch Robert sein wollte, und alles andere war wie nie gewesen. Was wollten Sie sagen? fragt der Polizist. Nichts, sagt Otto. Nur … Ja? fragt der Polizist. Der Name Mischa Perm sagt mir etwas, sagt Otto. Stand der nicht einmal in der Zeitung? Hat der nicht ein Buch geschrieben, mit dem er berühmt wurde? Morgen wird der Name drinstehen, unterbricht ihn der Polizist. Berühmt oder nicht. Mit Bild. Dann kann sich melden, wer immer den Mann kennt. Otto lässt ihn reden und fragt sich, ob Sophie erschrecken werde, wenn sie morgen die Zeitung liest. Und erst recht Theres. Aber die ist ihm egal. Und die Jacke? fragt er schliesslich sich selber und die Polizisten. Die passt nicht zu den Lumpen, die der mutmassliche Mischa Perm am Leib hat. Sie ist fast neu. Ob er sie wohl kurz vor seinem Tod gestohlen hat? Samt Ausweis? Dann wäre er eben doch nicht Mischa Perm, und der würde seine Jacke, seinen Ausweis vermissen; sich fragen, wo er sie verloren hat. Das wollen die Polizisten nicht hören. Soll sich Mischa Perm auf dem Fundbüro melden, wenn er noch lebt, sagt der eine zu Otto. Ausfüllen, unterschreiben, sagt der andere und hält Otto ein Formular hin, während sein Kollege telefoniert. Die Leiche wird gleich abgeholt, sagt er, wie er damit fertig ist. Das will ich hoffen, sagt Otto und fragt noch, wer ihn für seine Arbeit bezahle? Vielleicht die Krankenkasse von Mischa Perm?

Am nächsten Morgen geht Sophie wie üblich in die Bar. Otto sitzt schon da und liest die Zeitung. Wie sie sich an seinen Tisch setzt, legt er die Zeitung weg. Steht die Welt noch? fragt sie ihn. Was sie fast jeden Morgen fragt. So wie immer, gibt er zur Antwort. Was er immer sagt, wenn sie ihm diese Frage stellt, die eher als eine Frage der Ausdruck einer Verwunderung ist über etwas, das nach wie vor gilt, obwohl eigentlich alles dagegenspricht, dass es tatsächlich so sei. Wie immer, sagt also Otto und sagt dann auch gleich, in der Annahme, dass Sophie den Aufruf der Polizei nicht gesehen habe: Es ist nichts mit Ochotsk. Sie nehmen einen andern. Ist das schlimm für dich? will Sophie wissen. Nein, sagt er. Nur dass … Ich wäre ohnehin nicht mitgekommen, sagt sie. Das meine ich nicht, sagt er. Ich wollte sagen, dass das keinen Unterschied macht. Dass ich so oder so weggehe. Aha! sagt sie. Und nach einer Weile, nachdem sie die Frage: Mit wem denn? erfolgreich unterdrückt hat: Wohin? Weiss nicht, sagt er. Nur dass ich aufs Land will. In den Urlaub? fragt sie. Das auch, sagt er. Fürs Erste. Vor allem aber, um mich umzusehen. Ob man an einem Ort, an dem es mir allenfalls gefallen könnte, einen Arzt braucht. Und dann für immer? unterbricht ihn Sophie. Und greift zur Zeitung, wie Otto keine Auskunft gibt. Er lässt sie machen. Fragt sich, wie sie wohl auf die Todesnachricht reagieren werde. Schau! sagt sie nach einer Weile. Aber er ist es nicht! Wen meinst du? fragt Otto. Robert natürlich, sagt Sophie. Bist du sicher, dass er es nicht ist? fragt Otto, nachdem er sich das Bild des Toten angeschaut hat. Er sieht ihm doch immerhin ähnlich, sagt er. Aber schau doch, die Zähne, sagt sie. So braun. Das schafft man nicht in ein paar Wochen. Und die Narbe an der Stirn … Dass du, als Arzt, das nicht bemerkt hast! Und dann fällt ihr ein, dass der in der Zeitung vielleicht tatsächlich Mischa Perm hiess. Und somit auch Mischa Perm war. Dass Robert den Bettler irgendwo kennen gelernt hat; als er auf der Strasse sass mit einer Flasche Wodka in der Hand vielleicht, und dann wäre Robert mit ihm ins Gespräch gekommen, hätte ihn gefragt, wer er sei und woher und ihm dann schliesslich den Namen gestohlen. Weil der so gut passte für sein Buch. Kann sein, sagt Otto. Oder auch nicht.

Willst du dich nicht bei der Polizei melden? fragt er Sophie dann. Zwecks Identifikation? Um ihnen zu sagen, dass der Tote wohl wirklich Mischa Perm ist. Was die Polizei ja ohnehin schon zu wissen glaubt. Und dass der Tote gerade darum nicht der ist, dessen Foto auf dem Ausweis klebt, und der ein falscher Mischa Perm ist, sondern eben der echte, der als Mischa Perm geboren ist, gelebt hat und dann schliesslich unter den Händen irgendeines Arztes verstarb, unterbricht ihn Sophie. Wenn nicht … Oder … Und ob es nicht vielleicht sogar möglich wäre … Halt! sagt Otto. Du drehst dich im Kreis. Worauf Sophie verstummt. Nein, sagt sie dann. Oder doch, sagt sie. Und dann nichts. Und noch einmal nichts. Otto weiss zwar, was er sich da denken, aber nicht, was er sagen soll. Am besten sage ich nichts, sagt er sich. Und fragt, indem er die Zeitung zusammenfaltet und weglegt: Kommst du mit mir aufs Land? Für immer? fragt Sophie. Ich meine in den Sommerferien, wenn die Kinder in Alaska sind, sagt Otto. Woher weisst du, dass ich sie ziehen lasse? fragt Sophie. Wart ab, sagt Otto. Du wirst schon müssen. Ich muss gehen, sagt Sophie. Otto lacht.

Wie Sophie in die Buchhandlung kommt, zu spät wie immer, sitzt der Chef und Onkel im Lehnstuhl und hütet den Laden. Wenn auch nur nebenbei. Eigentlich ist er damit beschäftigt, den Sonnenstrahl zu betrachten, der vor seinen Füssen auf den Boden fällt. Den hellen Fleck auf dem Parkett … Lesen ist nicht das Richtige, sagt er in einer eben gerade diesem Augenblick abgewonnenen Erkenntnis zu Sophie, wie sie jetzt ihren Mantel ablegt und sich an der Kasse zu schaffen macht. All das Als ob, das dann doch nicht ist, was es sein soll. Nimm *Unterwegs nach Ochotsk*: Ich wette, dass der, der das geschrieben hat, gar nie in Ochotsk war. Woher weisst du das? unterbricht ihn Sophie. Weil ich schon dort war, sagt der Chef und Onkel. Darum. Wann war das? fragt sie ihn und denkt, das war nie. Bevor du auf der Welt warst, sagt er ihr. Mit Olga. Er träumt, sagt sie sich. Wenn ihm nur wohl ist dabei. Und dann fällt ihr ein, dass da vielleicht doch etwas sein könnte, was sie von ihm nicht gewusst hat. Sie fragt, wer denn diese Olga sei? Vor deiner Zeit, vor deiner Zeit, sagt der Chef und Onkel. Olga ist Olga, sagt er. Und Ochotsk hiess damals nicht Ochotsk. Sondern … Dass das nicht wahr ist, glaubt Sophie allerdings zu wissen. Aber man weiss nie. Wie hiess es denn? fragt Sophie. Das habe ich vergessen, sagt der Chef und Onkel. Vielleicht Omsk? Oder ich war überhaupt nicht in Sibirien mit Olga, sagt der, der bisher ihr Chef und Onkel war. Und sagt dann, als einer, der zur Sache kommt, dass er von nun an nicht mehr Sophies Chef sei. Nur noch der Onkel. Ja, aber … Was meinst du damit? fragt Sophie. Dass du den Laden übernehmen wirst, sagt der Onkel. Sophie staunt. Stöhnt. Den Laden übernehmen soll sie? Nie! sagt sie. Nicht für immer, sagt der Onkel. Nur so lang es dir gefällt. Und dann machst du etwas anderes. Was soll Sophie da sagen? Was soll ich da machen? sagt sie. Zu sich selber. Hörbar. Weitermachen wie bisher, sagt der Onkel. Wo du ja jetzt schon seit Neujahr den Laden nicht nur gehütet, sondern tatsächlich geführt hast. Nicht schlecht, sagt der Onkel. Gar nicht schlecht, sagt der Onkel, der inzwischen den Sessel nach rechts gedreht hat. In Richtung Sonnenstrahl. Den Sessel nehme ich in meine Wohnung. Für deine

Herrenbesuche muss du dir einen andern kaufen, sagt er ihr noch, wie er durch die Hintertür abgeht.

Er geht in seine Wohnung und von dort in den Garten, den er bisher nur betreten hat, wenn er zur Mülltonne ging. Wo dann und wann Ratten zu sehen waren. Früher öfter als jetzt. Schade, dass keine da sind, sagt er vor sich hin. Die habe ich immer gern gemocht. Besonders die schwarze mit dem seidigen Fell. Er blickt um sich. In der vermoosten Wiese blühen die ersten Primeln. Ein Apfelbaum steht mittendrin, voll von Misteln. Darunter eine Bank, kaum mehr brauchbar. In der Hecke zwitschern die Spatzen: Das alles gibt es in der Stadt, sagt er. So viel grün. Vögel. Blumen. Ich brauche nie mehr wegzufahren, sagt er sich. Und schon gar nicht nach Ochotsk. Nur die Bank muss ich reparieren lassen, überlegt er weiter. Nein, ersetzen, sagt er sich. Bank und Tisch und ein paar Stühle, nimmt er sich vor. Bemerkt, dass ihm kühl ist. Geht hinein, setzt sich in den Sessel, den Sophie bereits in seine Wohnung geschafft hat; mit Hilfe eines Kunden, der nicht Herrenbesuch, sondern lediglich ein kräftiger Mann war. Erinnert sich, dass er Sophie gesagt hat, dass er in Ochotsk war. Oder in Omsk. Warum wohl, wo er dabei doch durchwegs das Gefühl hatte, dass das nicht stimmte? Was ist mir da nur eingefallen? fragt er sich. Oder war ich doch einmal dort und habe es vergessen? Wie ich auch vergessen habe, wer die Olga war, die sich bei der Lektüre von *Unterwegs nach Ochotsk* bei mir gemeldet hat. Und ob es sie überhaupt je gab. Er denkt an die Menschen, die im Alter das Gedächtnis verlieren. Die nicht mehr wissen, wo sie sind, auch wenn sie genau wissen, dass sie irgendwo im Sessel sitzen und den Sonnenstrahl betrachten, der ihnen vor die Füsse fällt. Statt dass er wie früher bei diesem Gedanken in Angst gerät, sagt er sich jetzt: Ich weiss nicht … Man kann nicht wissen, wie das ist. Ob das nicht auch sein Gutes hat: zum Staunen, wenn man sich das vorstellt. Wie Nebel vielleicht. Und dass man Wasser rauschen hört unter dem Eis. So etwas wie Sibirien. Ein Sibirien nur für mich. Und wenn dann der Permafrost einmal auftaut … Ob es dann zu blühen anfängt? Ein Hauch von Gelb über der Wiese. Im Sumpf das Wollgras, wie es sich biegt im Wind mit seinen weissen Haaren. Hin und her.

Alex und Alice sitzen am Küchentisch und schauen ein Buch über Alaska an. Ob sie uns gehen lässt? überlegt Alex. Kommt drauf an, sagt Alice. Ob es klappt, dass sie mit Otto nach Ochotsk geht? fragt Alex. Ob Otto sie mitnimmt, sagt Alice. Oder ob sie mitwill, sagt Alex. Ich weiss nicht … Kein Problem, unterbricht ihn Sophie, die, nachdem sie vom Flur aus kurz mitgehört hat, zu den Kindern in die Küche kommt. Aus Ochotsk wird nichts. Warum? fragt Alice. Sie haben einen andern als Schiffsarzt angestellt, sagt Sophie. Bist du traurig? fragt Alex. Warum sollte ich traurig sein? fragt Sophie. Weil du nicht nach Ochotsk kommst, sagt Alice. Oder einfach so, sagt Alex. Weil dir schon wieder etwas schief geht, sagt er und bricht ab, wie er bemerkt, dass seine Mutter nicht hören will, was er sagt. Die Kinder blättern weiter im Buch. Flüstern sich etwas zu. Sind vertieft in den Anblick eines Bildes, das einen Bären beim Lachsfischen zeigt. Heute war Theres in der Buchhandlung, erzählt Sophie. Ist die nicht im Irrenhaus? fragt Alice. Oder haben die dort manchmal Urlaub? Schau, der Bär, sagt Alex. Sie kam, um *Unterwegs nach Ochotsk* zurückzubringen, sagt Sophie. Als ich sie fragte, ob ihr das Buch nicht gefalle, sagte sie: Doch. Sogar sehr. Aber es hat einen Fehler. Dort, wo vom Hund die Rede ist, der auf der Kreuzung der beiden Hauptstrassen schläft. Das stimmt nicht. In Ochotsk gibt es keine Hunde! hat Theres gesagt. Und dann, auf meine Frage, woher sie das wisse: Da gibt es nichts zu wissen. Das ist so. Und gab dann noch die Erklärung: Das ist so, weil ich Hunde nicht mag. Ich habe schon immer gesagt, dass Theres spinnt, sagt Alice. Sie hat ihre eigene Welt, sagt Sophie. Und dann: Ich habe ihr das Geld zurückgegeben, obwohl der Umschlag zerrissen und das Buch schmutzig war. Spinnt Sophie halt auch, denkt Alice. Von Alaska aus geht ein Weg nach Ochotsk! ruft da mit einem Mal Alex, der auf eine Karte vom Nordpol blickt und den Finger auf die Beringstrasse hält. Da hindurch und dann um Kamtschatka herum ins ochotskische Meer!

Robert ist unterwegs. Ohne Mantel. Ohne die rote Jacke, die er einem Bettler geschenkt hat, der frierend auf der Strasse sass und ihn irgendwie an sich selbst erinnerte. Mit dem Ausweis für Mischa Perm, der in der Innentasche steckte, als Dreingabe. Aus Versehen. Denn wenn Mischa Perm ihm auch längst gestorben ist: Dann und wann kann es doch nützlich sein, wenn man eine zweite Identität hat. Zwecks zeitweiliger Umgehung der eigenen Person. Robert friert. Es treibt ihn in die Nähe seiner Wohnung. Ob er wieder dort einziehen soll? Vom Hotel hat er genug. Oder sich ein paar warme Sachen holen? Oder eine neue Jacke kaufen?

Wie soll sich da einer entscheiden, wenn sich ein einzig Richtiges gleich dreimal anbietet; wenn es also kein einzig Richtiges gibt, sondern so viele, dass es vor lauter Richtigem etwas Falsches kaum mehr geben kann. Womit auch der Begriff des Richtigen entfällt. Robert geht weiter. Unterwegs zu seiner Wohnung. Wie es sich ganz von selber gibt. Schon ist er beinahe dort, als er sieht, dass ein Polizeiwagen vorfährt. Dass zwei Beamte aussteigen. In Uniform. Auf die Polizei will er sich lieber nicht einlassen. Wer weiss, ob der Besuch nicht ihm gilt. Was im besten Fall ein Ärgernis wäre. Also schleunigst weg. Wie er sich umdreht, steht ein kleiner Junge vor ihm, den er genau kennt. Nur hat er vergessen, wer er ist. Bist du nicht Robert? fragt, unsicher geworden, der Junge, nachdem er zunächst freudig vorgeprescht ist. Mein Name ist Alex, sagt Robert. Er lacht nicht, wie er das sagt. Alex, der schon widersprechen und den Namen für sich beanspruchen wollte, verstummt. Habe ich mich geirrt? fragt er sich. Oder will sich Robert nicht zu erkennen geben? Oder ist der, den ich für Robert gehalten habe, zwar tatsächlich der, den ich als Robert kenne, aber eigentlich heisst er Alex, und Robert ist nur ein Deckname? Alex ist verwirrt. Sagt lieber nichts als etwas, was die Verwirrung noch weiter fördern könnte. Na also, sagt der Mann ohne Mantel, ohne Jacke, der bis jetzt für Alex Robert hiess, aber jetzt will er Alex heissen. Ich bin nicht der, den du meinst, weil ich der bin, der ich bin, sagt er noch und geht weiter. Heisst das, dass jetzt ich Robert heisse? Oder bin? fragt sich Alex. Er rennt nachhause, wo ihn seine Mutter mit: Alex, da bist du endlich! begrüsst. Was heisst, dass ihm nicht wirklich geschehen ist, was ihm geschah. Alex erzählt ihr, dass er Robert gesehen hat und dass der nichts von ihm wissen wollte. Ich habe ihn auch gesehen, sagt Sophie. Er hat mich für Theres gehalten. Aber er war es nicht.

Ich habe mich verloren, sagt Robert laut vor sich hin, wie er weiter ohne Ausweis durch die Stadt geht. Ohne einen Beweis, dass er der ist, für den er sich gibt. Ohne ein Dokument, das ihm sagt, wer er sein könnte, wenn er vergessen hat, dass er jemand ist. Wie es ihm eben geschehen ist, aber jetzt glaubt er sich wieder zu erinnern, dass er Robert heisst. Oder Mischa Perm. Weiss auch, dass er den Bettler wieder finden muss, dem er die Jacke geschenkt hat, wenn er den Beweis dafür, dass er ist, wer er manchmal sagt, er sei, zurückwill. Der sitzt wohl dort wo er immer sitzt: bei der Kirche St. Martin, an die Mauer gelehnt; mit seinem Becher in der Hand, und wenn jemand etwas hineinwirft, bedankt er sich sehr höflich und sinkt dann wieder zurück ins Rätsel seiner prekären Existenz. Robert kommt bei der Kirche an. Der, den er sucht, ist nicht dort. Robert geht weiter. Zum Fluss. Seine regelmässigen Gänge zum Fluss verschaffen ihm nach wie vor immerhin die Gewissheit, dass er der ist, der jeden Tag zum Fluss geht. Auch wenn er nicht genau weiss, wer der ist. Auf der ersten Brücke, die ihm in den Weg kommt, geht er bis zur Mitte der Brücke. Das ist die Regel. Und dass er dann dort umkehrt. Heute fällt es ihm ein, was dann und wann vorkommt, ganz hinüberzugehen ans andere Ufer, dort ein Stück weit flussabwärts und dann über die erste Brücke, die ihm in den Weg kommt, wieder zurück. Dass er in der Mitte der Brücke stehen geblieben wäre bis zum nächsten Tag oder von dort ins Wasser gesprungen, ist noch nie vorgekommen. Bis jetzt. Wie er jetzt, auf der Mitte der Brücke angekommen, ins Wasser hinabschaut, sieht er, dass der Wasserstand gesunken ist. Dass das Wasser nicht mehr so schmutzig ist wie auch schon. Dass keine Äste mehr drin sind, und dass sich die Wirbel geglättet haben. Ein gutes Zeichen, sagt er sich und geht in eine Bar. Eine andere als die, in die er bisher gegangen war. Denn er fängt jetzt, wie ihm eben eingefallen ist, ein neues Leben an. Damit ist nicht zu spassen. Entweder von Grund auf oder gar nicht. So ist auch der Barmann, der in seiner schwarzen Schürze an der Theke lehnt, ein anderer als der, bei dem er sonst seinen Wodka trinkt. Ich will ein neues Leben anfangen, sagt der Barmann zu Robert, bevor der noch seinen Wodka bestellen konnte. Früher war ich beim Film. In ein paar Wochen ziehe ich aufs Land. Wo ich einen Garten haben will. Mit Kaninchenstall und Ententeich. Robert weiss nicht, was er darauf sagen soll. Er meint etwas anderes, wenn er von einem neuen Leben spricht. Freust du dich darauf? fragt er und bestellt einen Cognac. Er will ja ein neues Leben anfangen. Ich freu mich jetzt schon, sagt der Barmann. Damit ich wenigstens die Vorfreude gehabt habe, falls ich dann doch nicht aufs Land ziehe. Ist das nicht sicher? fragt Robert. Sicher? fragt der Barmann. Bist du je am Morgen sicher, dass du am Abend wieder heil nachhause kommst, und dass du noch lebst, wenn du am nächsten Morgen aufwachst? Ich habe kein zuhause, sagt Robert. Wo willst du denn schlafen? fragt der Barmann. Fürs Erste bleibe ich hier, sagt Robert. Aber nur bis ich zusperre, sagt der Barmann. Ist das schon bald? fragt Robert. Wie soll ich das wissen? fragt der Barmann. Du kannst bleiben, solange es mir gefällt.

Robert trinkt Cognac. Langsam, einen nach dem andern. Solange er Cognac trinkt, wird der Barmann bei ihm bleiben, denkt er. Solange ich nicht zu viel Cognac trinke, weil ihm das vielleicht missfällt. Und jetzt fällt sein Blick auf etwas, das ihn von seinen Überlegungen abbringt: eine Frau, die sich an die Theke setzt. Zwischen ihr und ihm sind zwei leere Stühle. Das ist gut so. Das ist sehr gut. Da ist er entweder weit genug von ihr weg oder nah genug an ihr dran. Je nachdem. Da sie nicht Sophie ist, wird es wohl wieder einmal seine Schwester sein. He Sie! würde er jetzt rufen, wenn er nicht in seinem früheren Leben gelernt hätte, dass man so nicht ruft. He Sie! ruft er dann doch. Er ist nicht mehr der, der er war. Sondern ein Fortgeschrittener. Wenn auch nicht in Richtung Erfolg. Sie dreht sich um. Ja? sagt sie. Sind Sie meine Schwester? fragt er. Was freilich nichts Neues ist. Neu ist dagegen ihre Antwort: Wie Sie wollen, sagt sie. Und er, überrascht: Sie reden Unsinn, sagt er. Und dann, nach einer Pause, in der sie nichts tut als ihn anschauen: Was ich will, tut nichts zur Sache, sagt er. Sind Sie meine Schwester oder sind Sie es nicht? Wer sind denn Sie? fragt sie ihn. Ich bin der, der fragt, sagt Robert. Wie Sie wollen, sagt die, die ihren Namen nicht sagen und schon gar nicht Stellung nehmen will zu dem, was er sie da fragt. Nur: Wenn ich nicht einmal weiss, wer Sie sind … wie kann ich da wissen, ob Sie mein Bruder sind? Alle Menschen sind Brüder, sagt Robert. Ausser wenn sie Schwestern sind. Stimmt, sagt sie. Aber doch nicht notwendig Sie mir oder ich Ihnen. Und was ist mit denen, die keine Geschwister haben? Ich meine allgemein, sagt er. Ich nicht, sagt sie. Und er: Ich habe tatsächlich eine Schwester verloren. Das kann nicht jeder von sich sagen, sagt er ihr. Eine wirkliche Schwester? sagt sie. In dem Alter wusste ich noch nicht, was wirklich war, sagt er. Ich verlor sie, als ich neun war. Da sagte man mir, dass meine Schwester gestorben sei. Dass sie im Sarg liege; unter dem weissen Deckel mit den Blumen drauf. Das scheint ein klarer Fall zu sein, sagt die, die ihm jetzt wohl die Schwester ersetzen soll und das Gefühl hat, dass sie das lieber nicht möchte. Ich wollte das nicht glauben, sagt Robert. Will es noch heute nicht glauben. Auch wenn ich vielleicht muss. Ich weiss noch, dass der Sarg zu kurz war, sagt er. Wie für ein kleines Kind. Das sah nur so aus, sagt die, die, wie sie jetzt erkannt hat, entschieden nicht seine Schwester sein will. Nur schon, weil sie ja noch lebt. Als mein Vater starb, dachte ich das auch, sagt sie. Dass der auf keinen Fall Platz haben konnte in der engen Schachtel. Er mit seinen mächtigen Ellbogen. Ja, so ist es, sagt Robert. Särge sind ein Irrtum. Glauben Sie, dass Ihr Vater noch lebt? fragt er sie. Sie reden Unsinn, sagt die Frau. Womit sich der Kreis der Unterhaltung geschlossen hat. Sie steht auf und geht. Ohne zu zahlen. Der Barmann zieht bei Robert ein, was sie ihm schuldig ist. Zusammen mit dem, was Robert konsumiert hat. Für mich zahle ich später, sagt Robert. Wenn ich fertig bin. Du hast genug getrunken, sagt der Barmann. Robert steht auf der Strasse. Weiss nicht, ob er nach rechts gehen soll oder nach links. Der Barmann gibt ihm einen Stoss. Es geht nach rechts. Robert dreht sich um und geht nach links.

Alice und Alex sitzen in der Buchhandlung am Boden. Inmitten von Büchern, die bunter sind als andere. Aus dickem Papier. Die meisten im Querformat. Die mehr Bilder haben als die, die oben in den Regalen stehen. Und weniger Text. Sie schauen eins nach dem andern an und legen die guten nach rechts, die schlechten nach links. So hat es ihnen Sophie aufgetragen. Die beiden begutachten Kinderbücher im Stundenlohn. Da sie ausserdem noch beauftragt sind, den Laden zu hüten, fühlen sie sich auch verpflichtet, allfälligen Kunden Bücher zu verkaufen. Zum Beispiel Otto, der sie zuerst nicht sieht, weil er sich auf Augenhöhe nach Sophie umschaut. Sie ist nicht hier, sagt Alice. Was darf ich Ihnen zeigen? Sind wir nicht per du? fragt Otto. Schon, sagt Alice. Aber nur, wenn Sie kein Kunde sind. Ich bin kein Kunde, sagt Otto. Ich will Sophie sprechen. Die ist beim Arzt, sagt Alex. Was fehlt ihr? fragt Otto. Warum kommt sie nicht zu mir? Weiss nicht, sagt Alice. Kopfweh, sagt Alex. Wenn sie nur nicht krank wird. Wir fliegen nämlich nächste Woche nach New York, sagt Alice. Wir dürfen nach Alaska! sagt Alex. Und Sophie? fragt Otto. Sie bleibt hier, sagt Alice. Wegen dem Laden. Wegen dem Onkel, damit er nicht vergisst, dass er essen und schlafen muss. Ich wollte sie fragen, ob … sagt Otto. Verstummt. Und sagt dann: Daraus wird wohl nichts. Vielleicht, wenn der Onkel bald stirbt? sagt Alice. Willst du sie irgendwohin mitnehmen? Ja, sagt Otto. Aufs Land. Da könnte sie ihr Kopfweh loswerden. Bis sie kommt, könntet ihr mir ein Buch verkaufen, sagt er dann. Nimm das, sagt Alice und streckt ihm ein Buch hin. Warum gerade dieses? fragt Otto, nachdem er das Buch durchgeblättert hat. Es waren da Bilder vorgekommen, die einen Frosch mit einer Krone auf dem Kopf zeigten. Was Otto ein fremder Gedanke ist. Alice erklärt ihm, dass er ein Märchenbuch in den Händen hat. Schau, sagt sie und zeigt ihm ein Bild, auf dem eine Prinzessin zu sehen ist. Die soll den Frosch küssen. Aber weil es sie graust, schmeisst sie ihn an die Wand, erzählt Alice. Eine Liebesgeschichte? fragt Otto. Ja. Aber wir haben auch anderes, sagt Alex. Zum Beispiel: *Weltraum für clevere Kids*. Oder den Weltraumatlas mit Pop-up-Planeten. Ich nehme das mit dem Froschkönig, sagt Otto. Eine gute Wahl, sagt Alice. Aber bist du dafür nicht schon zu alt? fragt Alex. Je älter, je besser, wenn es um Liebe geht, sagt Otto. Worauf Alex einfällt, dass Otto einen Globus hat, der so gross ist, dass ihn ein Kind nicht umarmen kann. Ist es wahr, dass es auf deinem Globus von Alaska hinaufgeht zum Nordpol und dann die Beringstrasse hinab nach Ochotsk? fragt er ihn. So ungefähr, sagt Otto und fragt, ob Alex ihn am Sonntag besuchen wolle? Zwecks Besichtigung des Globus und überhaupt? Da muss ich meinen Koffer packen, sagt Alex. Aber vielleicht bleibt noch Zeit. Otto kann nicht länger warten. Er will bezahlen und gehen. Der Preis steht hinten drauf. Leg das Geld auf den Ladentisch, sagt Alice. Wir können die Kasse nicht aufmachen. Bekomme ich eine Quittung? Nein, sagt Alice. Wir tauschen nicht um. Otto hat kein Kleingeld. Was machen wir da? fragt er. Du kannst das Buch hier lassen. Es bleibt für dich reserviert, sagt Alex. Gut, sagt Otto und geht.

Der Onkel steht im Garten bei der Mülltonne. Er schaut einer Ratte zu, die frisst, was an Abfall danebengefallen ist, und die dabei immer wieder rasch zu ihm aufblickt. Um sich zu vergewissern, dass er ihr nichts tut, nimmt er an. Und erinnert sich, dass er tatsächlich schon Ratten mit Füssen getreten hat. Früher. Anderswo. Es war einmal in seinem Leben eine Ratte, die an seinen Zehen knabberte. Was ihm recht geschah, wo ihm doch verboten war, barfuss zu gehen. Braunschwarz war die. Eine Stallratte. Fast zahm. War das in Ochotsk? fragt er sich. Da er nie dort war, kann es gerade dort nicht gewesen sein. Obwohl es zu dem Ort, wie Mischa Perm ihn beschriebenen hat, nicht schlecht gepasst hätte. Ein Gedankengang, der den Onkel auf geradem Weg zu der Frage führt, ob er noch bei Trost sei. Was ihm immer wieder geschieht. Und das, obwohl er sich Fragen dieser Art strikt verboten hat. Denn sie führen zu nichts. Je mehr man über solche Dinge nachdenkt, desto besser versteht man, dass man nicht versteht, wovon man redet. Bei Trost sein: Was das heissen soll, hat er sich noch nie überlegt. Dass man allen Trost hat, den man braucht, und somit zufrieden bei sich ist, heisst es wohl meistens nicht. Schon eher bedeutet bei Trost sein, dass man nicht tut, was einem richtig scheint, sondern was die andern für richtig halten. Nicht bei Trost sein wäre somit gut, weil man dann die Kompromisse verweigert, die einen mit der Welt versöhnen. Mit der sich nur versöhnen will, wer einig ist mit dem, was Tag für Tag geschieht. Der Onkel lächelt der Ratte freundlich zu, wie sie sich nun gesättigt davonmacht, und geht in seine Wohnung. Dort setzt er sich in seinen Sessel und will schon einschlafen, wie er durch die geschlossene Tür hört, dass im Laden Radau ist. Die Kinder, sagt er sich. Wie sie Büchertürme bauen und dann wieder umwerfen. Sollen sie, sagt er. Schläft ein.

Einer, der Robert hiess, der noch früher Mischa Perm hiess und der jetzt keinen Namen mehr braucht, geht flussabwärts aus der Stadt hinaus. Schon ist er im Niemandsland der Tankstellen, der Fabrikhallen. Wo er hinwolle? fragt ihn einer, der ein Stück weit mit ihm geht. Geradeaus, sagt er. Ich nehme, was kommt. In seinem Rucksack hat er ein paar Kleider bei sich, einen Regenschirm, eine Flasche Wasser und die Schnapsflasche. Es ist Wodka drin. Cognac mag er eigentlich nicht. Die Flasche hat eine Hülle aus Leder. Damit sie nicht zerbricht, wenn er sie fallen lässt. Seit gestern ist er obdachlos. Zur Probe. Er weiss noch nicht, ob er damit zurechtkommt: mit dem Wetter, mit dem Dreck. Jetzt hat er Hunger. Das ist kein Problem. Wenn er auch kein Zuhause mehr hat, hat er doch noch Geld. Er findet eine Bar. Setzt sich an die Theke. Bestellt einen Wodka mit einem Teller Suppe. Mit einem Stück Brot. Trinkt, isst, trinkt. Schaut vor sich hin. He du! sagt eine, die ihm dabei zuschaut. Wo kommst du her? Aus Ochotsk, sagt er. Wo ist das? fragt sie. Am Rand, sagt er. Worauf sie wissen will, was er mit dem Rand meine. Weiss nicht, sagt er. Einmal war ich an einem Ort, der hiess World's End. Etwa so. Wann bist du hier angekommen? will die Frau weiter von ihm erfahren. Noch nicht, sagt er. Eine solche Reise schafft man nicht in einem Tag. Das verstehe ich nicht, sagt sie. Das liegt an Ochotsk, sagt er. Wer einmal dort war, sieht die Dinge anders als zuvor. Das verstehe ich nicht, sagt sie noch einmal. Dass du noch nicht angekommen bist. Wo du doch hier sitzt und isst und trinkst. Das sieht nur so aus, sagt er. Was man sieht, ist nicht, was zählt. Eigentlich bin ich woanders. Und, vor allem: Eigentlich bin ich nicht ich. Was das heissen soll, versteht niemand, sagt die Frau. Kein Mensch. Wie sie ihn dann wortlos anstarrt, sagt er: Ich verstehe. Es gibt tatsächlich Menschen, die verrückt geworden sind über diesem Problem. Vielleicht geht es beinahe über das Menschenmögliche hinaus. Sagt er und blickt dann stumm vor sich hin. Die Neugierige hat schon längst ihre Neugier bereut. Weiss aber nicht, wie sie aussteigen soll aus dem Gespräch, das nun mit einem Mal eine Wendung nimmt, die ihre Neugier von neuem anstachelt. Noch gestern hätte ich dich gefragt, ob du meine Schwester seist, sagt nämlich unerwartet der, der in Ochotsk war. Der, der sagt, dass er in Ochotsk war: Bis gestern habe ich das alle Frauen gefragt, die im richtigen Alter waren, sagt er weiter. Ob sie mir gefielen oder nicht. Die von neuem und mehr als zuvor Neugierige will wissen, ob er denn seine Schwester verloren habe? Und wenn ja, wie? Und wann? fragt sie noch. Weil es doch immerhin aussergewöhnlich ist, dass einer nicht weiss, ob eine beliebige Frau seine Schwester ist oder nicht, und was er unternehmen müsste, um darüber eine verlässliche Auskunft zu bekommen. Wenn ich das wüsste, hätte ich nicht immer wieder fragen müssen, sagt der, der nicht mehr Mischa Perm heisst. Und auch nicht Robert. Vielleicht habe ich etwas ganz anderes gemeint, als ich von meiner Schwester sprach. Hast du vielleicht deine Frau gemeint? fragt die Neugierige. Warum meine Frau? fragt der, der jetzt der mit dem Rucksack ist. Der mit dem gelben Rucksack. Es dreht sich nicht alles um Frauen, sagt er und blickt abwechselnd auf das rechte und auf das linke Ohr der Frau, die ihm keine Ruhe gibt. Und warum nur hat er wieder von der Schwester angefangen. Wo er doch genau weiss … Warum trägst du nur einen Ohrring? fragt er sein Gegenüber, nachdem er die Schwester aus dem Weg geräumt hat und sich darüber klar geworden ist, was die Symmetrie in der Erscheinung seines Gegenübers stört. Sie greift sich an die Ohren und erschrickt. Verloren, sagt sie. Wenn ich nur wüsste wo, sagt sie und fängt an zu suchen. In ihrer Handtasche, am Boden. Er zahlt und geht. Geht weiter flussabwärts. Unermüdlich dem Fluss entlang gegen Westen. Bis es Abend wird. Bis der Himmel rot wird. Wenn nicht eine Wolke dazwischenstünde, müsste er die Sonne untergehen sehen: War da nicht einmal eine Geschichte von der Sonne, die im Meer ertrank? fragt er sich. Und als sie am nächsten Morgen wiederkam, war sie eine andere geworden? Bleicher als vorher?

Alex steht auf einem Stuhl und beugt sich über Ottos Globus. Die Kugel steht schräg. Von oben ist der Nordpol ein weisser Fleck. Ist das Land? fragt Alex. Es ist Eis, sagt Otto. Die dunkelblauen Flächen rundherum sind Wasser, die hellblauen Land. Wer ist Prinz Patrick? will Alex wissen und legt seinen Finger auf eine Insel, die Prinz Patrick Insel heisst. Ich habe einen Freund, der Patrick heisst. Aber ein Prinz ist er nicht. Richtig, Prince Patrick Island, sagt Otto. Und daneben liegt gleich die Insel Melville. Frag mich lieber, wer Melville war, sagt er. Der hat ein Buch geschrieben über einen weissen Wal. Bücher interessieren Alex jetzt nicht. Mit dem Finger fährt er die Beringstrasse hinab und dann um Kamtschatka herum ins ochotskische Meer. Da gibt es kein Ochotsk, sagt er. Kein Wunder, dass du dort nicht hinkannst, sagt Alex zu Otto. Den Ort gibt es nicht.

Nichts gibt es dort. Ausser Magadan, sagt er dann noch, wie er genauer hinschaut. Von dem Ort habe ich schon gehört. Weiss aber nicht mehr was … Es gibt viele Orte, die nicht auf der Karte sind, sagt Otto. Nur die grösseren sind gross genug für einen schwarzen Punkt. Das heisst aber nicht, dass das auch die wichtigeren sind. Also bin ich vielleicht wichtiger als du? fragt Alex. Obwohl du grösser bist? Wie man es nimmt, sagt Otto. Aus dir kann noch alles Mögliche werden. Ich hingegen bleibe, was ich bin. Und aus Ochotsk? fragt Alex. Wie wird es weitergehen mit dem Ort, wo alle hinwollen und dann gehen sie doch nicht? Schwer zu sagen, sagt Otto. Ochotsk war früher sehr viel mehr, als es jetzt ist. Wie mehr? will Alex wissen. Mehr Bewohner. Mehr Häuser. Mehr Industrie. Mehr Heringe, die man fangen konnte, sagt Otto. Mehr, von dem die Menschen dort leben konnten. Und trotzdem wolltest du nach Ochotsk? fragt Alex. War das wegen dem Buch? Das gab mir die Idee, sagt Otto. Aber es gibt noch andere Bücher. Vielleicht wollte ich hin, gerade weil man es auf meinem Globus nicht sehen kann? sagt Otto. Damit du es erst entdecken konntest? fragt Alex. Das nicht, sagt Otto. Entdeckt ist es schon längst. Auch Mischa Perm ging nur hin, weil ihm jemand davon erzählt hat. Weil ihm jemand erzählt hat, dass es dort nichts zu sehen gebe. Das hat ihn interessiert, sagt Otto. Das verstehe ich nicht, sagt Alex. Für nichts? Weil er nicht wusste, warum er dorthin wollte, sagt Otto. Weil er sich nichts Bestimmtes denken musste. Weil alles offen war. Das verstehe ich nicht, sagt Alex noch einmal. Er hat genug von Ochotsk. Weisst du, warum du nach Alaska willst? fragt Otto. Wegen den Bären, sagt Alex. Und wenn du keine antriffst? Dann …

Ich weiss nicht, sagt Alex. Aber ich will auf jeden Fall hin. Für das, was ich von dort noch nicht weiss. Siehst du? sagt Otto. So ging es mir mit Ochotsk. Und jetzt? fragt Alex. Jetzt glaube ich, dass man Ochotsk finden kann, wo man will, sagt Otto. Zum Beispiel hier? fragt Alex, springt vom Stuhl, zeigt dorthin, wo der Globus am dicksten ist und landet im Meer. Warum nicht, sagt Otto. Das Meer ist das beste. Das ist offen nach überall. Nach Alaska, nach Afrika oder nach Ochotsk.

Der mit dem gelben Rucksack steht am Strassenrand und macht Autostopp. Es hält jemand an. Er steigt ein. Eine Frau, die ihm bekannt vorkommt, fragt ihn, wo er hinwolle. Nach Ochotsk, sagt er ihr. Da bist du falsch, sagt sie. Kennen wir uns? fragt er. Und dann: Richtig, sagt er. Du bist Sophie. Ich war Robert. Wer bist du jetzt? fragt sie. Der, der unterwegs ist nach Ochotsk. Aber da warst du doch schon, sagt sie. Ich bin nicht so sicher, ob das stimmt, sagt er. In Gedanken, ja. Und wenn das auch das Wichtigste ist, heisst es doch nicht … Ja? fragt sie. Nichts heisst es, sagt er. Die Gedanken sind Luft. Nein, nicht Luft, sagt er. Eher so etwas wie ein Feuer, das nicht wärmt. In Ochotsk ist es kalt, sagt Sophie. Nicht unbedingt, sagt er. Als ich dort war, blühten Blumen. Löwenzahn und Hahnenfuss. Die Lärchen hatten ihre Nadeln, die Birken ihre Blätter. Im Winter freilich … Glaubst du, dass ich bis zum Winter dort ankomme, wenn ich stetig weitergehe? Zu Fuss? fragt sie. Wie sonst? will er wissen. Dann und wann ein Stück weit mit dem Auto, wenn mich jemand mitnimmt. Wir fahren Richtung Süden, sagt sie. Du bist falsch. Dann dreh halt um, sagt er. Nein, sagt sie. Ich will nachhause. Seit wann hast du ein Auto? fragt er. Das Auto gehört Otto, sagt sie. Aha, sagt er. Nein, sagt sie. Kein Grund für Aha! Er hat es mir geliehen. Weil ich die Kinder zum Flughafen bringen musste. Mit all ihrem Gepäck. Glaubst du, dass sie wieder zurückkommen? fragt er. Was geht dich das an! sagt sie. Du hast Angst, dass sie bei ihrem Vater bleiben, sagt er. Du hast Angst, der Wahrheit ins Gesicht zu schauen. Glaubst du, dass es Wahrheit gibt? fragt sie und vergisst für einen Augenblick, worum es bei dieser Wahrheit geht. Das sieht dir nicht ähnlich. Du und Wahrheit! Nicht Wahrheit, aber doch Wahrheiten, gibt er ihr zurück. So viele du willst. Jeden Tag eine andere bis zum jüngsten Tag. Ja, ich habe Angst, dass die Kinder beim Vater bleiben wollen, sagt sie. Ja, so ist's, sagt er. Aber wer weiss, ob du nicht schon in einem halben Jahr froh bist, dass du sie los bist. Otto mag die Kinder gern! sagt Sophie. Und sie ihn auch. Du glaubst also, dass du mit Otto zusammenziehen, ihn vielleicht sogar heiraten wirst? Was geht dich das an! sagt sie noch einmal. Lauter als vorher. Ich möchte dich nach Ochotsk mitnehmen, sagt er. Aber ohne die Kinder. Siehst du! sagt sie. Was soll ich mit einem anfangen, der von meinen Kindern nichts wissen will? So ist es nicht, sagt er. Wenn schon wollen deine Kinder nichts von mir wissen. Erst kürzlich habe ich Alex angetroffen. Ich weiss, sagt sie. Das hat er mir erzählt. Dass du ihn nicht erkannt hast. Da hat er sich geirrt, sagt der, der Mischa war oder Robert oder beide zugleich oder keiner von beiden. Aber was soll ein Kind in Ochotsk anfangen? Die Schulkinder dort träumen von nichts anderem als von einem Studium in Japan. Oder, wenn das nicht geht, der Sprache wegen oder wegen dem

Geld, dann doch wenigstens in Magadan. Nichts wie weg wollen sie, und du willst deine Kinder dort hinbringen? Davon habe ich kein Wort gesagt, sagt sie. Irgendwie doch, sagt er. Aber das ist egal. Willst du jetzt endlich umdrehen und nach Norden fahren? fragt er. Nein, schreit sie. Nein! Dann halt nicht, sagt er. Lass mich aussteigen. Sie hält an. Er steigt aus.

Ochotsk! sagt der Schiffsarzt, der an der Reling steht und ins Graue hinausblickt. Man sieht Grau in Grau die Silhouette der Fabriken, in denen man früher die frisch gefangenen Heringe zu Konserven verarbeitete. Jetzt stehen sie seit Jahren leer. Beim Näherkommen sieht man, dass die Fenster fehlen. Der Schiffsarzt schaut zu, wie die Passagiere in die Gummiboote einsteigen, in denen sie bis zur Mündung des Flusses Ochota und dann noch ein Stück weit landeinwärts fahren werden. Der Nebel lichtet sich. Ein aufgelassenes Kraftwerk wird sichtbar. Da und dort stösst ein Vogel ins Wasser und erwischt einen Fisch. Wie im Buch, sagt der Schiffsarzt vor sich hin. Vor seiner Abreise hat er *Unterwegs nach Ochotsk* gelesen. Ein Kollege, der sich umsonst um die Anstellung als Schiffsarzt beworben hat, hat ihn darauf aufmerksam gemacht. Unterwegs nach Ochotsk! sagt er vor sich hin, wie er als letzter ins letzte Boot einsteigt. Nach allem, was ich von dem Ort weiss, kann ich froh sein, dass die Rückfahrt gesichert ist, sagt er. Das Ufer kommt näher. Das Boot biegt in die Flussmündung ein. Die Landungsstelle steht halb unter Wasser. Der Dolmetscher ruft: Wir sind in Ochotsk!

Eleonore Frey
Unterwegs nach Ochotsk

Lektorat Urs Engeler, Korrektorat Michèle Zoller,
Gestaltung Marcel Schmid, Druck und Bindung
Tešínská Tiskarná, Teschen, Tschechien.

ISBN 978-3-906050-07-2

http://www.engeler-verlag.com